Das Buch

Funny van Dannen streicht am Wegesrand entlang und entdeckt so manch seltene Poesieblüte. In einer grandiosen Mischung aus haarscharfer Beobachtungsgabe, verquerem Wortwitz und ganz großer Warmherzigkeit kreiert der begnadete Liedermacher die wildesten Gedichte und Geschichten: ein bunter Strauß von Absurditäten, mal heiter und grotesk, mal rabenschwarz und dornig. So zwischen Nonsens und Surrealismus pendelnd bewahrt van Dannen ein unschlagbares Gespür für den Echtsinn hinter dem Blödsinn.

»Keine Geschichte, die vorherbestimmt wäre. Die Worte leben munter in den Text hinein. Sie machen sich keine Sorgen über ihren Sinn ...« *TIP*

Zum Autor

Funny van Dannen wurde 1958 in Tüddern geboren, sang bereits mit 16 Jahren Lieder zur Gitarre in südholländischem Dialekt. Einige Jahre später spielte er in Berlin bei diversen Punk- und Jazz-Bands. Er lernte Werbegrafiker, einen Beruf, den er nie ausübte, war Mitbegründer der Lassie-Singers. Ist Vater von vier Kindern, malt schöne Bilder, schreibt anregende Bücher und singt mit Charme und Belcanto zur Gitarre.

Lieferbare Titel

»Komm in meine Arme« (978-3-453-59008-3)
»Neues von Gott« (978-3-453-59009-0)

FUNNY VAN DANNEN

AM WEGESRAND

WILHELM HEYNE VERLAG
MÜNCHEN

Die Originalausgabe erschien 1995
im Karin Kramer Verlag, Berlin.

FSC
Mix
Produktgruppe aus vorbildlich
bewirtschafteten Wäldern und
anderen kontrollierten Herkünften

Zert.-Nr. SGS-COC-1940
www.fsc.org
© 1996 Forest Stewardship Council

Verlagsgruppe Random House FSC-DEU-0100
Das für dieses Buch verwendete
FSC-zertifizierte Papier *München Super*
liefert Mochenwangen Papier.

Vollständige deutsche Taschenbuchausgabe 12/2007

Printed in Germany 2007
Umschlagillustration: © Funny van Dannen
Umschlaggestaltung: Nele Schütz Design, München
Satz: C. Schaber Datentechnik, Wels
Druck und Bindung: GGP Media GmbH, Pößneck
ISBN 978-3-453-59010-6

www.heyne.de

1. Entwurf für das große Optimistendenkmal

INHALT

WIE ALLES ANFING

Wieder war es Frühjahr geworden, und das helle Grün des Morgens sog sich voll mit Tau und roten Ausgleichsmolekülen.

Die Glocken von St. Rocky riefen die Gläubigen zur Frühmesse, als Hansi Blötkontainer durch den Wald zum Häuschen der Großmutter ging, um ihr neue Videos zu bringen.

Groß war seine Verwunderung beim Anblick der betonierten Zufahrt. Sie war so vollgeparkt, dass kein Fahrrad mehr dazwischen passte. Hansi ging ins Haus und fand die gesamte Verwandtschaft um Omas Bett versammelt. »Hansi!«, rief Onkel Paul. »Gut, dass du da bist. Oma geht es gar nicht gut! Sie wird sterben, wenn nicht bald etwas Gravierendes geschieht!«

»Arme Oma«, sagte Hansi und zwängte sich durch den menschlichen Kordon ans Bett der Großmutter. »Musst du wirklich sterben?«, schluchzte er vor Schmerz bewegt.

»Das hätten sie gerne«, flüsterte die Großmutter in Hansis große Ohren. »Dann könnten sie endlich meine RTL-Anteile erben! Aber es gibt noch Hoffnung für mich und meine Seele, wenn du mir hilfst, Hansi!«

»Schieß los, was soll ich tun?«, flüsterte Hansi.

»Besorg mir die Karaoke-Wurzel, mein Kleiner«, sagte die Großmutter. »Sie wächst nicht weit von hier hinter den Treibhäusern des Gärtners Wachsmann. Der Gärtner ist ein guter Mann, er lässt dich nach der

Wurzel graben. Aber hüte dich vor seiner Frau, dem fleißigen Lieschen Wachsmann! Sie hat im geräumigen Keller ihres Feriensitzes an der Ostsee bei Peenemünde ein Privatmuseum eingerichtet.«

»Was soll daran böse sein?«, fragte Hansi. »Viele Menschen sammeln Kunst aufgrund ihrer großen Verdienste.«

»Lass mich ausreden, Enkel!«, hauchte Hansis Großmutter, geschwächt vom anstrengenden Sprechen. »Lieschen Wachsmann sammelt keine Kunst. Sie sammelt Eindringlinge aller Art und hält sie in geschlossenen Lebensräumen, die sie selbst entwirft. Sei also auf der Hut vor ihr, sonst findest du dich bald in ihrem Keller wieder, zusammen mit gewöhnlichen Dieben, Wirtschaftsflüchtlingen und lüsternen Zufallsbekanntschaften.«

»Ich pass schon auf mich auf!«, rief Hansi Blötkontainer und war schon aus dem Haus.

Zuerst werde ich mir auf dem Flohmarkt einen Revolver kaufen und genügend Munition, beschloss er und fuhr mit dem Sonntagsbus nach Lüttich. Er begab sich zum Anwesen des besagten Gärtners und überwand den grünen Zaun wie eine hitzige Natter.

Nun erst kam ihm der Spaten in den Sinn, den er vergessen hatte. Würde er die Karaoke-Wurzel auch mit bloßen Händen aus dem Erdreich klauben können? Seine Großmutter hatte nicht gesagt, in welcher Tiefe die Heil bringende Pflanze vorkam. Sollte er einfach losbuddeln? »Nein, Hansi, nein!«, riet ihm sein weiches Herz. »Wenn die Wurzeln zu tief im Boden sitzen, dauert die Aktion zu lange.« – »Mach schon!«, befahl die harte Schale. »Soll die Fahrt nach

Lüttich umsonst gewesen sein? Wer dir in die Quere kommt, wird abgeknallt!«

Hansi krempelte die Ärmel hoch und schlug seine kurzen, kräftigen Finger in den lockeren Boden. Es ging so leicht!

»Na, so was!«, hörte er eine Frauenstimme rufen.

Hansi drehte sich um und blickte in das gleißende Licht eines Profi-Suchscheinwerfers. »Wer wühlt denn da in meinem Kompost?« Hansi stellte sich mit seinem bürgerlichen Namen vor: »Ich bin Johannes Blötkontainer und suche meinen Hund Obsession Blötkontainer. Er ist mir entlaufen.«

»Liebeskummer?«, fragte die unsichtbare Frau.

»Ja«, sagte Hansi. »Ich sehe, Sie kennen sich mit Hunden aus!«

»Habe selber zwei«, sagte die Frau und schickte sie zu Hansi.

Einen Meter vor ihm blieben die gepflegten Rottweiler stehen und sahen den Eindringling mit schwimmenden Augen an.

»Sie heißen Heinz und Rühmann und wollen gestreichelt werden«, sagte die Frau. »Ich bin gegen große Hunde allergisch«, entgegnete Hansi. »STREICHELN!«, kam es bedrohlich aus der Mitte des Lichtes. Der tapfere Enkel versuchte, den Revolver aus seiner Hosentasche zu ziehen. Etwas hakte. Die Hunde kamen näher.

»Lassen Sie die Waffe, wo sie ist, und nehmen Sie die Hände in den Mund!« Obschon Hansi einen recht großen Mund hatte, konnte er nur eine Hand unterbringen.

»Die andere in den Hosenschlitz!«, befahl die Frau.

Hansi öffnete seine Hose und schob die Hand hinein.

»Gretel!«, hörte er die Frau sagen, »lauf hin und schnapp dir den Revolver!« Eine mittelgroße, pummelige Gestalt löste sich aus dem intensiven Dunkel und kam auf Hansi zu.

Es war eine junge, blonde Frau, die einen roten Micro-Mini über weißen Strumpfhosen trug. Sie zog den Revolver aus Hansis Hosentasche und scheuchte mit zwei Schüssen vor die Pfoten Heinz und Rühmann weg. Mit dem nächsten Schuss löschte sie das Suchlicht.

»Gretel, was ist los?«, hörte Hansi die Frau des Gärtners rufen. »Bist du verrückt geworden?«

»Frau Wachsmann!«, schrie die junge Frau sichtlich erregt. »Ich will einen Betriebsrat gründen!«

»Abgelehnt!«, kam es aus dem Dunkel.

»Ich will mehr Geld!«

Die Frau im Dunkeln lachte.

»Dann geben Sie wenigstens Ihren Mann frei! Wir haben schon seit Jahren ein abnormal harmonisches Verhältnis!«

»Abgelehnt!«, unterbrach Lieschen Wachsmann die Enthüllung ihrer Hilfskraft. »Noch was?«

»Dann will ich wenigstens ein neues, dickes Poesiealbum mit 1000 Blutfleck-Stickern«, sagte Gretel selbstbewusst.

»Zu viel!«, rief die Chefin.

»500!«, schrie Gretel.

»50«, sagte Lieschen kühl.

»100!«, schrie Gretel.

Lieschen schwieg.

»100!«, schrie Gretel. »100, 100, 100!«

Die Nacht war schwarz und still.

»Frau Wachsmann!«, rief Gretel. »Sind Sie ohnmächtig geworden?«

Die junge Frau ging zögernd auf ihre Chefin zu, deren Körper am Boden liegend leicht vibrierte.

»Vorsicht!«, rief Hansi noch. »Fass sie nicht an!«

Er hatte erst letzte Woche im Frauen-Magazin »Mona Lisa« vom Cellulitis-Schock erfahren und hatten eine böse Ahnung. Gretel hörte seine Worte nicht. Vor Hilfsbereitschaft taub, hob sie den Kopf der Chefin an und augenblicklich sprangen die Vibrationen auf ihren Körper über.

Hansi sah es mit Schrecken, wurde jedoch von Gretels erotischer Ausstrahlung übermannt.

Er umfing ihre Hüften und vibrierte nun wie die beiden Frauen.

Heinz und Rühmann kamen schüchtern angeschlichen.

Sie beschnupperten ihr Frauchen, und es zeigte sich, dass die Cellulitis-Schockwellen auch vor Tieren nicht haltmachten.

Die Hunde bellten hilflos und blieben in der Nähe.

Der Gärtner wachte auf, warf sich einen Mantel über und fand die zitternde Gesellschaft. Er lief zum Telefon und wählte die Nummer eines befreundeten Wunderheilers, der auf der Stelle die richtige Diagnose stellte.

Er empfahl dem Gärtner, alle mit Schleierkraut auszupeitschen, zuerst sich selbst. Herr Wachsmann tat es.

Bis auf die armen Hunde wurden alle wieder ganz normal.

Der Gärtner stellte Hansi, den er als anständige ABM-Kraft kannte, zur Rede, und der junge Mann sagte die Wahrheit.

»Da drüben steht ein Spaten«, sprach der Gärtner. »Hol ihn dir, und mach dich an die Arbeit!«

Zehn Minuten später stieß Hansi auf die Karaoke-Wurzeln und brachte sie unverzüglich seiner Großmutter, die leider schon den Löffel abgegeben hatte.

Die Erbschaftsfeier war im vollen Gange.

Hansi wusch die Wurzeln in Omas Küche, schnitt sie in Scheiben und verteilte sie an alle.

»Schmeckt wie Raffaelo und Mon Cherie zusammen«, jubelte die Verwandtschaft, um nur Sekunden später mit schweren Vergiftungserscheinungen zusammenzubrechen. Niemand überlebte. Nur Hansi und seine Braut Gretel, die sich vornehm oder doof zurückgehalten hatten, waren noch übrig.

Bei der Gerichtsverhandlung, nur wenige Monate später, wurden Hansi und Gretel vom Vorwurf der fahrlässigen Tötung in 18 Fällen freigesprochen.

Es sei für einen drogensüchtigen jungen Menschen mit guten Absichten naheliegend, die Karaoke-Wurzel in Stückchen und oral zu verabreichen, anstatt wie angesagt, anal am ganzen Stück, begründete der Richter das Urteil.

Der junge Mann sei durch den Verlust seiner gesamten Verwandtschaft bereits genug gestraft. Auch habe er durch den selbstlosen Einsatz für seine Großmutter Moral bewiesen.

Der Richter regte an, ihn im Staatsdienst zu erproben.

Das ist nun viele Jahre her.

In dieser Zeit ist aus dem überglücklichen Alleinerben der legendäre Hauptkommissar Hansi Blötkontainer geworden, in dessen Fälle die ganze Welt verwickelt ist.

NACH WILHELM BUSCH

Ein Fahrrad stand im Hausflur rum.
Das wird dem Hausflur bald zu dumm.
Er quetscht die Luft aus allen Reifen:
Die Schläuche können's nicht begreifen …

Vorhin noch prall gefüllt und froh,
so voll und fahrbereit und so
ergeht es manchen Sachen,
die ohne Tritte gar nichts machen.

Die Rosenseife Audrey lag im Wasser und wurde weich. Sie bat ein paar Hände um Hilfe: »Legt mich auf den Badewannenrand oder in die Seifenbox, bitte, bitte, bitte.«

Die Hände hatten keine Ohren. Sie hörten Audrey nicht.

Diese Hände gehören Ernie Ball, dachte Audrey. Ich werde ihm in die Augen springen, dann wird er mich bemerken!

Audrey strengte sich verzweifelt an.

Sie schaffte es, auf Ernies Knie zu springen. »Warum sieht er mich nicht?«, fragte sich die aufgeweichte Rosenseife. Sie nahm noch einmal alle Kraft zusammen, konzentrierte sich wie ein Nadelstich und sprang dem Fernmeldetechniker ins linke Auge. Sie versuchte, sich mit ihren glitschigen Pfötchen an den Wimpern festzuhalten, rutschte aber in die Tiefe, zurück ins Wasser. Durch diese einmalige Energieleistung war Audrey wie verwandelt: Sie, die bis vor wenigen Minuten noch keinen Millimeter aus eigenem Antrieb zurückgelegt hatte, konnte jetzt schwimmen.

Sie schwamm auf Ernies Bauch und rutschte hoch auf seine unbehaarte Brust. Er bewegt sich heute kaum, ging es der Seife durch den Kopf. Er wird doch nicht ...?

Audrey kletterte in das Gesicht des jungen Mannes und rieb sich intensiv an seinen starren Augen. Ernie zeigte keine Regung. Er war tot!

Audrey zog sich an den Augenbrauen hoch, übersprang die Stirn und glitt über das shamponierte Haar auf den Beckenrand. Von da aus erreichte sie bequem das Handtuchschränkchen. Audrey trocknete sich ab und verließ das Badezimmer Richtung Küche, wo sie ein Weilchen den Tisch ansah, danach die Stühle. Nachdem sie auch den Kühlschrank angesehen hatte, wurde es ihr in der Küche zu langweilig. Sie rollte ins Wohnzimmer und sprang aus Übermut in Ernies Terrarium.

Hier wohnte die Schildkröte Ding-Dong, die der Panzerwahnsinn schwermütig gemacht hatte. Sie roch Audrey, hob ihren Kopf aber nicht. »Du hast ja ein tolles Zuhause!«, rief die Seife.

Ding-Dong reagierte nicht.

»Du hast so einen schönen Panzer!«, rief Audrey.

Voller Verachtung zog die Schildkröte ihren Kopf ein.

»So einen schönen Panzer hätte ich auch gerne«, flüsterte Audrey. »Es muss ein gutes Gefühl sein, so beschützt und sicher …«

»Sei still«, unterbrach Ding-Doch den ungebetenen Gast. »Du hast ja keine Ahnung! Dieses schwere Ding bringt mich um! Es drückt so sehr auf meine Seele, dass sie wie ein einziger blauer Fleck ist!«

»Arme Ding-Dong«, sagte Audrey. »Das habe ich nicht gewusst!«

»Was kann ein Stück Seife denn schon wissen!«, schimpfte die Schildkröte. »Ihr macht ein paar Wochen sauber, dann seid ihr verschwunden! Ihr kennt einen Dreck! Ihr wisst gar nichts!«

»Ich weiß mehr als du!«, prahlte Audrey.

»Zum Beispiel?«, fragte Ding-Dong.

»Ich weiß zum Beispiel, dass Ernie tot ist und du bald verhungern wirst!«

»Du willst mir Angst machen«, versuchte Ding-Dong Audrey zu durchschauen.

»Quatsch!«, rief die Seife. »Komm mit ins Badezimmer und schau ihn dir an!«

»Das sagt sich so leicht!«, klagte Ding-Dong. »Es ist für mich unmöglich, aus diesem Gefängnis auszubrechen.«

»Warte!«, rief Audrey. Sie holte aus der Küche den Fleischklopfer Paul, der auf dem Tisch geschlafen hatte. Er zerschlug eine Scheibe des Terrariums und folgte Ding-Dong und Audrey ins Badezimmer. »Tatsächlich!«, sagte Ding-Dong überrascht. »Er ist wirklich tot!«

»Schade«, murmelte Paul. »Er hat mich immer gut behandelt. Bestimmt ist er ermordet worden!«

»Ganz bestimmt!«, rief Ding-Dong. »Er hat sicherlich auch andere gequält und eingesperrt wie mich und jemand hat's ihm heimgezahlt!«

»Unsinn!«, entgegnete Audrey. »Ernie war ein lieber Mensch. Er hat mich immer zärtlich angefasst. Ich glaube kaum, dass er Feinde hatte.«

»Hört auf damit!«, rief Heinz, der Fön. »Ihr habt ja alle keine Ahnung! Was bildet ihr euch ein!? Geht zurück auf eure Plätze und wartet ab! Weder Dinge noch Tiere sollten über Menschen urteilen, das ist alleine Gottes Angelegenheit!«

»Gott?«, fragten Audrey, Ding-Dong und Paul. »Wer ist denn das?«

»Das ist der Hausbesitzer!«, sagte Heinz. »Er wohnt gleich nebenan. Er wird den Toten irgendwann entdecken und die Polizei verständigen. Die Polizei wird Gott fragen: Was war dieser Ernie Ball für ein Mensch? Und dann wird Gott auspacken!«

Ding-Dong und Audrey sahen sich an. Beide waren misstrauisch. Der Fön wirkte zu abgeklärt!

»Mach ihn fertig, Paul!«, forderte Audrey den Fleischklopfer auf.

»Warum denn?«, erwiderte Paul. »Dieser Fön ist ein großer Schwätzer, weiter nichts. Ich werde jetzt bei Gott anklopfen und sagen, dass Ernie tot ist.«

Paul verließ die Wohnung und donnerte einige Male heftig gegen die Tür des Nachbarn. Gott kam heraus, und Paul sagte: »Ihr Nachbar Ernie Ball ist tot!«

»Weiß ich«, sagte Gott. »Ich meine, das ist für mich keine allzu große Überraschung, bei seiner Blässe!«

»Sie glauben also, er ist eines natürlichen Todes gestorben?«, fragte der Fleischklopfer.

»Er starb mit 100%iger Sicherheit an Vitalschwäche«, antwortete Gott.

»Wir glauben, es war Mord!«, warf Audrey ein, die mit Heinz und Ding-Dong nachgekommen war.

Gott griff sich Paul und schlug mit ihm die Seife, den Fön und die Schildkröte in Stücke. Dann ging er in Ernie Balls Wohnung und richtete den Toten übel zu. Jetzt sah es wirklich nach Mord aus. »Sehr schön!«, sagte Gott. »Sehr schön.«

Er legte den tropfenden Fleischklopfer aus der Hand.

Eine halbe Stunde später betrat Hauptkommissar Hansi Blötkontainer das Badezimmer. »Es muss die Tat eines Wahnsinnigen gewesen sein«, hörte der Fleischklopfer Gott sagen.

»Ich tippe auf ein Eifersuchtsdrama«, gab sich der Kommissar betont gelassen. Gott lächelte schamlos in den Spiegel und fand sich klasse. »Herr Blötkontainer«, sagte er schnell. »Ich muss jetzt gehen! Ich stehe Ihnen jederzeit für Fragen zur Verfügung.«

»Danke, Herr Nachtbar!«, sagte der Kommissar. Denn so hieß Gott mit bürgerlichem Namen.

»Finden Sie das nicht komisch, Herr Kommissar«, fragte Günter Mezzo, sein Assistent. »Ein Nachbar, der Nachtbar heißt und Gott ist?«

Hansi Blötkontainer nickte. »Ja, komisch ist es schon nach all den Jahren, von Gott persönlich alarmiert zu werden. Wie heißt er eigentlich mit Vornamen?«

Mezzo schüttelte den Kopf. »Den hat er uns noch nicht gesagt!«

»Versuchen Sie, ihn herauszubekommen, Günter!«, sprach der Kommissar und nahm den Fleischklopfer unter seine Dienstlupe. Mit seinem Taschenmesser kratzte er einiges aus Pauls Profil und hielt die Klinge unter seine Nase. Er schnupperte und kombinierte. Mezzo kam. »Er heißt Ricky! Ricky Nachtbar. Er lebt von seiner Frau, einer ehemaligen Tänzerin und Alleinerbin, der das Haus gehört. Haben Sie schon eine heiße Spur?«

Hansi Blötkontainer nickte: »Im Profil des Fleischklopfers befinden sich unter dem Blut des Opfers Seifen-, Schildkröten- und Fönreste. Der Mörder scheint wahllos auf seine Umwelt eingedroschen zu haben!«

Der Kommissar fasste sich an den Kopf.

»Was ist?«, fragte Mezzo.

»Ach!«, rief der Kommissar. »Wenn die Dinge sprechen könnten, wäre alles viel einfacher! Nehmen wir einmal an, dieser Fleischklopfer könnte sprechen!«

»Dann hätte er durch den Schock garantiert die Sprache verloren«, nahm Günter Mezzo den Gedanken auf.

»Sie meinen den Mordschock?«, fragte der Kommissar.

Mezzo nickte.

»Und nur durch einen weiteren Schock könnte er die Sprache wiederfinden«, sagte der alte Blötkontainer.

Mezzo nickte abermals und schaute auf die Uhr. Es war schon Feierabend. Die beiden ließen alles stehn und liegen und verließen die Wohnung, ohne sie zu versiegeln.

Am nächsten Morgen wurden sie erneut in das achtstöckige Haus am Waidsmannsluster Damm gerufen. Frau Nachtbar war auf die gleiche Art und mit derselben Tatwaffe wie tags zuvor Ernie Ball ums Leben gebracht worden!

Gott saß auf einem Stuhl im Flur und starrte auf den Schirmständer. Er schien die beiden Beamten nicht wahrzunehmen, als sie an ihm vorbei ins Badezimmer gingen, um die Leiche und den Tatort in Augenschein zu nehmen. Der Kommissar hob den Fleischklopfer vom Boden auf. Er musste gar nicht fragen: Paul platzte mit der Wahrheit gleich heraus. Sowohl Ernie Ball als auch Frau Nachtbar seien in Wirklichkeit an Vitalschwäche gestorben. Gott habe es durch seine Wahnsinnstaten vertuschen wollen.

»Vitalschwäche also«, sagte Hansi Blötkontainer. Er legte Paul ins Waschbecken und ging auf den Flur hinaus. Dort fragte er Gott nach dem Grund seiner blutigen Aktionen.

»Schwer zu sagen«, antwortete der Herr des Lebens. »Sehr schwer zu sagen! Ich glaube, es war der Fleischklopfer. Ja, ja! So war es. Ich sah den Fleischklopfer und musste es tun!«

Die Beamten baten Gott, einen Koffer vollzupacken und brachten ihn auf die Psychofarm von Dr. Apsis-Valthenwurf, wo die Begrüßungschefin feststellte, dass sich in Gottes Koffer mit dem Aufkleber »MACH AUS SORGEN EIN GEBET« nur Socken befanden.

Der Kommissar versprach, sich um die Sache zu kümmern.

»Schon verrückt, Chef«, sagte Günter Mezzo auf dem Weg ins Präsidium, »dass ausgerechnet Ihr letzter Fall mit Gott zu tun hat!«

»Zufall«, sagte der Kommissar. »Ich hätte ihn genauso gut viel früher treffen können, als er noch nicht so krank war! Als Zeugen oder Opfer. Oder außerhalb des Dienstes. Vielleicht auf einer Party.«

»Glauben Sie wirklich, jemand wie er hat sich auf Parties blicken lassen?«

»Ja!«, sagte Hansi Blötkontainer. »Unbedingt! Sie haben es ja selbst gesehen, wie er lebte. Nicht ungewöhnlich. Alles sehr normal!«

Enttäuscht gab Günter Mezzo Gas. »Ich dachte, jemand wie er hätte andere Interessen.«

»Früher vielleicht«, sagte der Kommissar. »Das weiß ich nicht. Das kann ich nicht beurteilen. Aber heute gibt es nur noch einen Unterschied zwischen Gott und den Menschen.«

»Welchen?«, fragte der Assistent.

»Er kann mit Tieren, Pflanzen und Menschen sprechen!«

»Aber, Chef!«, rief Mezzo. »Das haben Sie doch auch getan!«

Hansi Blötkontainer schüttelte den Kopf.

»Ich kann zuhören«, sagte der Kommissar. »Ich kann alle gut verstehen, aber ich spreche ihre Sprache nicht!«

»Na, immerhin!«, rief Günter Mezzo.

Er hatte gerade einen Liebesbrief für seine Exfrau in den Briefumschlag gesteckt und holte eine Briefmarke aus der Innentasche seines Sakkos. Er hielt sie an das Ohr des Kommissars. »Was sagt sie, Chef?«

»Leck mich!«, rief Hansi Blötkontainer.

DIE ABFUHR

Um meine Nervosität zu besiegen, ging ich früher oft auf den Friedhof und sprach mit den Toten. Sie sagten JA JA JA. »Wenn du wegen deiner Nerven herkommst, bist du bei uns an der falschen Adresse. Wir sind selbst nervös und unheimlich gespannt, was als Nächstes passiert.«

Dann musste ich ja schon lachen: Diese Toten! Taten so, als wären sie nervös, nur um mich loszuwerden! Nicht mit mir. Ich blieb und setzte mich auf eine Bank, lauschte dem stillen Getue der Seelen. Das beruhigte mich. Meine Blicke schweiften über die vielen Gräber und das taten sie auch an jenem Mittwochvormittag, als ich den Grabräuber Kutti Kutowski bei seinem schändlichen Treiben entdeckte. Der aus Film, Funk und Fernsehen bekannte Verbrecher hatte gerade wieder ein Grab geöffnet, um dem Leichnam den legendären Musikantenknochen zu entwenden.

Kutti Kutowski entwendete immer nur den Musikantenknochen. Aus ihm stellte er ein Pulver her, das bei Besserverdienenden, deren unmusikalische Kinder Klavier oder Blockflötencomputer lernen sollten, reißenden Absatz fand.

Ich rief: »Halt, du Schwein! Lass sofort den Spaten fallen!«

Ich hatte meine rechte Hand in die Manteltasche gesteckt und den Zeigefinger ausgestreckt, sodass es aussah, als hätte ich einen Revolver in der Tasche. Kutti lachte. »Nimm das Ding da raus, sonst versaust du dir den schönen Mantel!« Er nahm mich überhaupt nicht ernst, und unbeeindruckt machte er sich wieder an sein übles Werk. Ich fragte die Toten. Als Hauptbetroffene mussten sie ja eine Meinung haben. Sie hatten aber keine.

Da wurde ich sehr ärgerlich. »Ihr seid ja komisch!«, rief ich laut. »Mich schickt ihr weg und gegen den da, der eure Ruhe wirklich stört, habt ihr nichts! Im Gegenteil! Ihr drängelt euch um seine Aura und tätschelt seine Pandaglöckchen!«

»Pandaglöckchen?«, fragten die Toten. »Den Begriff kennen wir ja gar nicht! Was meinst du damit?«

»Ich meine die Niedlichkeitsanteile einer Persönlichkeit und ganz speziell ihre putzigen Komponenten«, belehrte ich die dummen Toten.

Sie machten sich über mich lustig und sangen: »Klingeling, klingeling, zeig uns mal dein Pandading!«

Wütend spuckte ich auf einen Grabstein, stieß eine grünliche Vase um und zertrat einige ewige Lichter.

Da packten mich vier kräftige Arme von hinten und bugsierten mich vom Friedhofsgelände. Sie gehörten dem Pfarrer und seinem gut gebauten Haushälter.

»Warum tut ihr nichts gegen Kutti Kutowski?«, schrie ich empört. »Was habt ihr gegen mich?« Rumms! Da lag ich auf dem Bürgersteig. »Lass dir das eine Lehre sein, du Schlappschwanz!«, sagte der Pfarrer. »Lass die Toten ruhn und mach sie nicht durch deine Nervosität verrückt. Sie haben schon genug durchgemacht. Was sie brauchen, ist die angenehm aufregende Nähe zu vitaleren Naturen. Da kommt Kutowski wie gerufen!«

»Aber er bereichert sich auf widerliche Weise an Toten!«, schrie ich aufgebracht.

»Wer tut das nicht?«, fragte der Geistliche kühl zurück, und ich war so verblüfft, dass mir die Worte fehlten.

Auf dem Nachhauseweg fielen mir viele Menschen ein, sogar ganze Berufsgruppen, die sich nicht an Toten bereichern. Ich kann sie hier nicht alle aufzählen, das würde zu weit führen. Nur so viel noch zum Schluss: Seit jenem Vorfall gehe ich nicht mehr auf Friedhöfe, um meine Nervosität in den Griff zu kriegen. Stattdessen spreche ich Menschen einfach auf der Straße an und bitte sie: HILF MIR! Viele reagieren abweisend. Wahrscheinlich brauchen sie selber Hilfe. Aber es gibt auch hilfsbereite Menschen. Sie nehmen mich mit zu sich nach Hause. Dort spielen wir Mikado oder Mensch und Tier, also lauter interaktive Sachen, und ich muss sagen: Ich bin schon sehr viel ruhiger geworden!

GLUT UND SPUCKE

Mitten auf dem Radweg lag hölzernes Geschirr, zersplittert, Farbe abgeschürft. Holger stoppte seine Fahrt und trat die Teile einzeln aus dem Weg. Sie flogen seitwärts auf das Grün. Da lagen sie nun bunt, lädiert, wie Abfall aus dem All der Träume. Abfall aus dem All der Träume?, dachte Holger. Der ist vielleicht einmal für etwas zu gebrauchen! Er sammelte das Geschirr in seinen Fahrradkorb, reparierte es daheim und stellte es als Dekoration auf seinen Nachttisch. Da stand es und gehörte fortan zu seinem Leben wie das Glücksrad oder Erdbeermarmelade.

Holger hatte einen Onkel, der sich für alles schämte. Seine Frau, Holgers Tante, für die er sich auch schämte, hatte ihn verlassen und so hauste der musikalische Mann allein in seinem schmucken Endreihenhaus mit Blick auf die Ausläufer des Erlebnisparks Chicago/Afrika.

Er reparierte voller Scham seine Klarinette, als sein Neffe ihn besuchte. »Hast du schon gehört, Onkel?«, rief Holger, »die Winde werden immer schneller!«

Der Onkel blickte beschämt zur Seite.

»So ein alter Hut, Holger! Schäm dich! Weißt du denn gar nichts Neues?«

»Ein Wellensittichbüffel ist aus dem Park entwichen!«, rief Holger.

»Da haun doch ständig welche ab«, entgegnete der Onkel. »Kein Wunder! Wer wird schon gerne abgeknallt?«

»Er hat die Seuche«, sagte Holger.

»Welche?«

»Die Aura-Pest«, sagte Holger. »Wer ihn findet, soll ihn auf der Stelle köpfen und in Alufolie gewickelt im Parkbüro abliefern. Ich hab's im Radio gehört.«

»Die Aura-Pest?«, fragte Christiane, eine Freundin des Onkels, die ihm den Haushalt führte. Holger nickte. Er war kein Fachmann, wusste aber, dass diese Seuchenform der Wellensittichbüffelaura den Garaus machte. Dadurch wurden diese Tiere kaum noch wahrnehmbar, trotz ihrer, wie der Name nahelegt, kunterbunten, glatt glänzenden Haut. Im Erlebnispark verfolgte man daher die Ausbreitung der Seuche mit größter Besorgnis, denn die langsamen Tiere waren zum Abschießen ideal.

Führende Mediziner waren bereits angeheuert worden, aber die Ergebnisse der Behandlungen waren gleich null. Weder Injektionen noch Bestrahlungen, weder Kuren noch Salben hatten die zerstörten Auren wiederherstellen können. Hypnosen hatten ebenso versagt, wie homöopathische Versuche, die den armen Kreaturen sogar schwerste Pigmentstörungen zufügten, sodass sie wegen ihrer perfekten Tarnfärbung der Bundeswehr zur Scharfschützenausbildung verkauft wurden.

»Und was ist mit den Menschen?«, fragte Christiane.

Holger zuckte. Er wusste nichts von möglichen Übertragungen. Dann zuckte er ein zweites Mal, dreimal, viermal …

»Holger!«, rief sein Onkel. »Was zuckst du wie ein Lid? Hast du was am Auge?«

»Siehst du nicht?«, rief Holger. »Dort auf Christianes Schulter?«

»Der Wellensittichbüffel!«, flüsterte der Onkel.

»Nicht bewegen!«, sagte Holger.

»Ich hol den Spaten aus dem Schuppen!«

»Wozu?«, fragte Christiane.

»Zum Köpfen!«, rief Holger und lief hinaus.

Als er wiederkehrte, saß der Wellensittichbüffel auf Christianes Schoß, und Holgers Onkel fütterte ihn mit selbst gerösteten Erdnüssen.

»Geh zur Seite, Onkel!«, flüsterte der forsche Junge.

»Und du lehn dich zurück«, bat er Christiane.

Die beiden zeigten ihm den Vogel.

»Lass den Quatsch. Wenn die Seuche für Menschen ungefährlich ist, warum sollen wir ihn dann töten? Wir werden ihn behalten«, entschied Christiane und drückte das zutrauliche Tier an ihren weichen Bauch. Durch diese plötzliche Gebärmutternähe erotisiert, erglühte der Wellensittichbüffel, und er fing an, seine geile Kloake auf Christianes Bauchnabel zu pressen.

Die Frau rief: »Iieeh!«

Sie spuckte angeekelt auf das Tier.

Holger und der Onkel machten es ihr nach. Sie spuckten den Wellensittichbüffel so voll sie konnten.

Als ihre Münder schon trocken waren, kam der Ausreißer zu sich. Er schüttelte die Spucke von sich.

Die heißen Tröpfchen flogen durch den ganzen Raum und wo sie landeten, versengten sie die Einrichtung. Das Tier sprang von Christianes Schoß auf den Fernseher, und die drei Menschen nahmen mit offenen Mündern seine farbenprächtige Ausstrahlung wahr.

»Er ist geheilt«, flüsterte der Onkel verschämt und Holger staunte: »Wie der da auf der Glotze hockt! Als wär's sein Nest!«

»Warum denn nicht«, sagte Christiane und wechselte den Kanal. »Stabil und warm muss eine Heimat sein! Der kennt sich aus, der Bursche!«

VON MENSCH ZU MENSCH

Am langen Abend lag ich wachend,
während die Nachbarn seltsam lachend
meine Neugier weckten.
Da ging ich hin es zu erkunden
und schlug ein Guckloch in die Wand …
Erst eins, dann zwei, dann drei, dann vier:
Dann stand der Nachbar vor der Tür.
Gut, dass Sie da sind!, rief ich keck.
Mir blieb vorhin die Luft ganz weg!
Da bohrte ich die Rettungslöcher
und augenblicklich ging's mir besser!
Ich blickte bang auf Nachbars Messer.
Er blickt auf mein Aquarium:
Vier Fische schwimmen drin herum.
Er fängt sie schnell und stopft die Löcher
mit den stummen Tieren zu.
Seitdem sind er und ich per du.

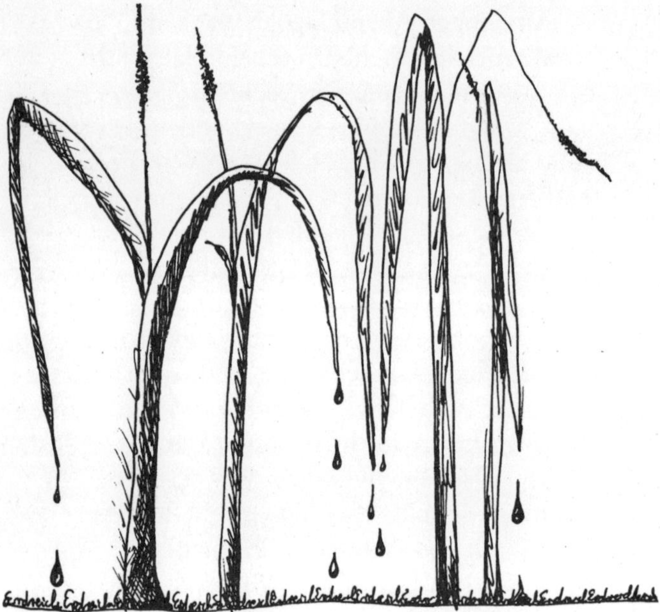

Die Gräser im Herbst

Gestern standen sie noch stramm,
heut' bräuchten sie mal einen Kamm.

IM HERBST

Ein Apfel lag im Gras der grünen Wiese und weinte laut.

Die Gärtnerin Anita Harke hörte ihn und herrschte den armen Apfel an: »Sei still, du störst die schöne Ruhe hier! Nur weil du vom Baum gefallen bist, brauchst du nicht loszuheulen wie ein Robbenbaby! Dir tut doch niemand was!«

»Ich habe mir schon längst was getan!«, stöhnte das rotbäckige Fallobst. »Ich bin zerdätscht! Kein Mensch wird mich beißen wollen, verfaulen muss ich elendig auf diesem harten Boden!«

»Ach!«, lachte die fesche Gärtnerin. »Du hast ja wirklich keine Ahnung! Berentzen, Äppelwoi, Grafschafter Goldsaft? Das sagt dir wohl alles gar nichts, wie?«

Der Apfel schüttelte den Kopf. Anita Harke klärte ihn auf. Als der Apfel begriff, dass er auch als Fallobst noch was taugte, kehrte sein Lebensmut zurück.

Er streckte seinen Stängel und rief den Pflaumen vom Nachbarbaum zu: »Was hängt ihr da so rum. Ihr seid ja schon ganz blau vor Traurigkeit! Kommt runter! Hier unten ist es weich und windgeschützt!«

»Wir sind selber weich!«, riefen die Pflaumen. »Und der Wind ist unser Geliebter! Er streichelt uns die ganze Zeit!«

»Streicheln!«, rief der geile Apfel »Wenn euch das genügt! Dann bleibt oben und endet als Trockenobst! Aber wenn ihr einen echten Stecher kennenlernen wollt, dann lasst euch fallen!«

Die Pflaumen kicherten, manche ver-, die meisten überlegen.

»Glaubst du, wir sind wahnsinnig« rief eine mittelgroße Pflaume. »Denkst du wirklich, wir lassen uns mit einem gespritzten Apfel ein und holen uns die Seuche?«

»Ich bin nicht gespritzt!«, brüllte der Apfel.

»Auf dieser Wiese ist niemand gespritzt!«, pflichtete ihm Anita Harke bei, die das Zwiegespräch der Früchte interessiert verfolgte.

»Da hört ihr's!«, fuhr der Apfel fort. »Ich bin kerngesund.«

»Und wenn wir schwanger werden?«, fragte eine kleine Pflaume.

»Blödsinn!«, schrie der Apfel. »Völlig unmöglich! Schwangere Pflaumen! Hat man so was schon gehört?«

Er bat die Gärtnerin um Hilfe.

»Bitte«, flüsterte er, »sag ihnen, dass Sex mit einem Apfel für Pflaumen völlig ungefährlich ist.«

Anita schüttelte den Kopf.

»Nun ist aber Schluss!«, sagte sie streng.

»Sex mit Pflaumen! Wie stellst du dir das vor? Pflaumen haben keine Scheide, kein Poloch, keinen Mund. Sie haben einen Stängel genau wie du.«

»Das lass mal meine Sorge sein«, sagte der Apfel, »die Löcher mach ich selber!«

»Das will ich sehn!«, rief die Gärtnerin.

Sie pflückte die dickste Pflaume, die sie erreichen konnte, und legte sie neben den Apfel.

»Leg sie auf mich«, bat der Apfel mit zittrigem Stiel.

Anita legte die Pflaume auf den Apfel.

Sie fiel herunter.

Anita legte die Pflaume erneut auf den Apfel, erneut fiel sie herunter. Nach vier weiteren Versuchen rieb die junge Frau die Pflaume an ihrem grünen Overall, bis sie glänzte wie ein Stiefel und aß sie auf. Sie spuckte den Stein zwei Meter weit und sprach zum Apfel: »War nett, dich kennenzulernen!«

»Bitte«, flehte der Apfel, »nimm mich mit! Hier kann ich nicht mehr bleiben. Alle werden mich verspotten!«

»Ich mag keine Äpfel«, gab Anita zu.

»Vielen Menschen schmecken wir«, philosophierte der Apfel. »Manche erinnern wir sogar ans Paradies ...«

»Mich erinnert ihr an Zahnfleischbluten«, sagte Anita Harke.

»Dann schmeiß mich wenigstens ganz weit weg«, bat der Apfel inständig.

Anita lächelte. Sie hob ihn auf und feuerte ihn in die große weite Welt hinaus. Er landete zwischen Wiesenchampignons und Pferden auf dem Nachbargrundstück, direkt auf einem frischen Haufen Pferdemist. Dort lag er noch den ganzen goldenen Oktober über faul herum und verströmte ein erotisches Aroma, das die Amselmännchen irritierte und auf Rabenweibchen und schwarze Katzen fliegen ließ, was ahnen lässt, wie viele Rätsel der Natur noch auf uns lauern.

DIE HOCHZEIT

Fränk war ein böser Magier, der schon viele betende Hände in Wichsgriffel und so manchen Kneipentresen in einen Abgrund verwandelt hatte.

An einem herrlichen Sommertag saß er wieder einmal auf dem Zauberhocker und projizierte seinen Hass auf jene Turnschuhe, die er vor wenigen Tagen beim Joggen im Torsopark getragen hatte, als er mit beiden Füßen gleichzeitig umgeknickt war. Ein zufällig vorbeispurtender Notarzt hatte en passant eine mittelschwere Bänderdehnung diagnostiziert und ihm Stützstrümpfe empfohlen.

Da für einen bösen Magier wie Fränk das Tragen von Stützstrümpfen eine ungeheure Demütigung darstellte, war es nicht verwunderlich, dass er sich an den Turnschuhen rächen und sie zur Schnecke machen wollte.

So wurde aus dem Turnschuhpaar der Marke Puma eine Schnecke.

Erst freute Fränk sich riesig über seinen Hasserfolg, aber die Schnecke war ihm zu schleimig. »Was soll ich mit einer so schleimigen Schnecke in meiner feinen Zauberstube?«, fragte er John, den farbenfrohen Holztukan. »Drauftreten, plattmachen, alles versaun, drauftreten, plattmachen, in die Tonne haun!«

Fränk lächelte. Er hob sein Bein und sah erst im letzten Augenblick, dass er barfuß war. »Pass auf, John!«, befahl er dem künstlichen Vogel. »Lass sie nicht abhaun! Ich zieh mir schnell die Zauberstiefel an.«

Er ging in den Flur, und als er wiederkam, da lag die Schnecke auf dem Rücken. John stand über ihr.

»Sie klagt über Schmerzen an den Rändern. Ich hab mal nachgesehn, kann aber nichts entdecken, keine wunde Stelle, nichts«, sagte das Mitbringsel.

»Warte!«, rief Fränk und holte aus dem Bücherschrank den Veterinäratlas. Auf Seite 11 278 fanden sie eine Abbildung der Schnecke. Dort hieß es: ACHTUNG! PROBLEMSCHNECKE! Sofort verschenken oder wegschmeißen! Gefahr der Problemübertragung! Fränk zögerte keine Sekunde. Er eilte in die Küche, kehrte mit einem Frühstücksbrettchen wieder, schob es unter das wehleidige Tier und schleuderte es aus dem Fenster.

»Das war knapp!«, rief John.

»Verdammt knapp.« Fränk sah ihn an und nickte: »Mit Hass zaubern ist eine Kunst für sich!«

»Wie meinst du das?«, fragte John. »Zaubert es sich mit Liebe leichter?«

»Viel leichter!«, rief Fränk. »Und die Ergebnisse sind schön und selten problematisch.«

»Fränk«, fragte John, »was ist denn los mit dir? Wenn man dich so reden hört, könnte man glauben …«

»Was könnte man glauben?«, fuhr Fränk ihn an.

»Nichts«, sagte John, »schon gut.«

Er hatte Fränks Schnitzmesser blitzen sehn und wechselte das Thema. »Lass uns an den Beach driven!«, rief er euphorisch.

Fränk verzog sein längliches Gesicht. »Deine Amerikanismen kann ich nicht mehr hörn! Reiß dich zusammen!«

Dann fuhren sie schweigsam mit dem Beach-Bus an den Strand und breiteten zwei Meter vor dem Meer ihre Handtücher aus.

»Ich geh gleich ins Wasser, Quallen aufschlitzen«, sagte Fränk und nahm sein Messer aus der Badetasche.

»Nimm mich mit, Fränk!«, bat der bunte Vogel.

»Von mir aus«, brummte Fränk, bot ihm die linke Schulter an. John hüpfte hoch. Er freute sich schon riesig auf den Spaß! Der böse Magier hatte bereits eine Quallenherde gesichtet und watete in ihre Richtung. Zu spät erkannte er, dass es sich bei den Tieren um Raubquallen handelte.

Sie hefteten sich mit ihren giftigen Saugnäpfen an ihn und sogen durch Milliarden Mikrorüssel in Windeseile Fränks Organe aus dem Körper, das Muskelfleisch, die Knochen, das Fett, alles. Nur die leere Haut mit Badehose blieb von Fränk übrig. Die Wellen spülten sie an Land. Auf ihr saß der Holztukan.

»Sieh mal, Mutti!«, rief ein kleiner Junge namens Gaius, dessen Vater Römer war. »Da liegt ein leerer Zauberer!«

Er lief zu Fränks Überresten und sah sich John gut an. »Du bist aber schön leicht!«, sagte er beeindruckt.

»Sandelholz«, sagte John.

»Kannst du auch fliegen?«

»Nein«, sagte John. Da flog er schon davon.

»Bravo, Gaius!«, rief die Mutter. »Diese widerlichen Holztukane mit ihren giftigen Farben sind kein gutes Spielzeug!«

Sie hob die Haut des bösen Magiers hoch und untersuchte sie auf undichte Stellen. Sie nickte zufrieden.

»Der Kopf ist schwierig. Am besten, wir schnüren den Hals gut zu, und du gibst mir dein Kaugummi!«

Sie holte aus ihrem Korb einen Meter Allzweckleine, band sie um den Hals und zog, so fest sie konnte. Gaius hielt den Daumen drauf, fertig. Dann verstopfte sie den Hintern des Magiers mit dem Kaugummi. Sie blies Fränk auf und machte einen Doppelknoten in seinen langen, dünnen Pimmel. Obwohl der Kopf schlaff und verdreht auf der Brust hing, freute sich Gaius abartig und schob den menschlichen Ballon aufs Wasser.

»Warte!«, rief seine alleinerziehende Mutter, »ich hol noch schnell die Flossen!« Sie rannte auf die Decke und zog sich die leuchtenden Schwimmflossen an. Dann schob sie ihren Sohn, der auf dem Bauch des bösen Magiers thronte, in Richtung Horizont.

Als die Raubquallen Fränk ein zweites Mal kommen sahen, schlug ihre grenzenlose Gier zunächst in Respekt vor jemandem um, der das eherne Gesetz des »They never come back« durchbrochen hatte. Als aber nach dem Angriff nur gebrauchte Luft durch ihre Rüssel strömte, stürzten sie sich wütend auf die Frau und ihren Sohn. Dann trieben sie satt weiter.

Zehn Minuten später hatte John die drei Häute erreicht, und als er am Gesicht des bösen Magiers vorbeigetrieben wurde, rief er: »Freu dich, Fränk, jetzt sind wir eine richtige Familie!«

DIE APOKALYPTISCHEN REITER

Am Morgen nach der Gartenparty reinigte Luise die vollgekotzten Gartenmöbel mit dem neuen Hochdruckreiniger, und sie war sehr zufrieden. Sie freute sich schon darauf, die Betonformsteine der Garageneinfahrt vom Moos zu befreien, als sie von vier Gestalten überwältigt wurde. Obwohl sie sich nach Kräften wehrte, konnte die feige Bande Luise den Hochdruckreiniger entwenden. Sie flüchtete auf einem Pferd, wobei der kleinste des schaurigen Quartetts eine schwarze Peitsche schwang, die furchtbar knallte. Luise brauchte fünf Minuten. Dann hatte sie sich leicht erholt und fuhr in ihrem frechen Opel zur nächsten Polizeidienststelle, um Anzeige zu erstatten.

»Haben Sie die Täter erkannt?«, fragte der Beamte.

»Ja«, sagte Luise, »ich bin mir ziemlich sicher. Es waren die Apokalyptischen Reiter!«

Der Beamte lächelte gereizt. »Die Apokalyptischen Reiter haben vier Pferde, jeder eins!«

»Als sie mit meinem Hochdruckreiniger flüchteten, hatten sie nur eins«, erwiderte Luise.

»Frau Stricker«, flüsterte der Beamte, »es wäre besser für Sie, wenn es nicht die Apokalyptischen Reiter getan hätten.«

Ach so, dachte Luise, wegen der Versicherung!

»Na gut! Es waren vier Personen, die in einem Kleinwagen flüchteten.«

»Welche Farbe?«, fragte der Polizist.

»Schwarz«, gab Luise an.

Nach den Formalitäten fuhr sie unverzüglich nach Hause und suchte auf dem Rasen nach den Hufspuren. Da waren sie! Na bitte! Sie hatte nicht gesponnen! Sie ging ins Haus. Sie hörte den Anrufspeicher ab. Ihr Mann würde wegen einer Steuersache später kommen. Luise ging in die Küche, schob ein Nasi-Goreng-Fertiggericht in die Mikrowelle und aß es mit geschlossenen Augen. »Ob Rainer mir glauben wird?«, fragte sie sich. »Er wird wahrscheinlich wie der Polizist reagieren, vier Pferde und so weiter …«

Sie schob den Teller weit von sich. Er fiel vom Tisch und sprang in tausend Stücke. Luise holte das Kehrblech und den Besen. Sie bückte sich. »So viele Scherben!«, rief sie. »Ob die mir wirklich Glück bringen?«

Jemand lachte im Flur.

Luise ließ alles fallen.

Das war nicht Rainers Stimme!

Sie hastete ins Wohnzimmer und wollte die Tür zum Garten öffnen, als jemand ihren Namen rief. Sie blieb stehen und drehte sich um: Da standen doch tatsächlich die vier Verbrecher von vorhin und boten Luise den Hochdruckreiniger wie ein Geburtstagsgeschenk an. »Nett von euch!«, sagte Luise. »Wirklich nett.«

»Ich war schon immer nett zu den Menschen«, sprach der Tod. »Hast du was zu trinken?«

»Bockbier«, antwortete die überraschte Frau. »Und weißen Martini!«

»Ich trink ein Gläschen klares, kaltes Wasser«, sagte die Pest.

Der Tod und der Krieg bestellten Bockbier. Die Hungersnot nahm Senf. Als Luise mit den Gläsern wiederkam, hatten es sich die ungebetenen Gäste in der Ledergarnitur bequem gemacht.

»Sollen wir dir helfen?«, fragte der Krieg. Luise sagte: »Nein.«

Sie schenkte ein. Der Krieg sah auf den Boden und räusperte sich.

»Wir sind hungrig«, knurrte die Hungersnot.

»Glaubt ihr, ich stell mich jetzt noch an den Herd?« Luise prostete den vieren zu. »Ihr klaut mir mittags meinen Hochdruckreiniger und spekuliert am Abend auf was Warmes?«

»Könntest du nicht wenigstens Kartoffelsalat machen?«, fragte der Tod.

»Nudelsalat«, sagte Luise. »Aber nur, wenn ihr mir helft! Einer schneidet die Zwiebeln, einer die Gürkchen, einer den Knoblauch und einer wäscht die Petersilie.«

Die Apokalyptischen Reiter sahn sich an.

»Ok«, entschied die Hungersnot.

Alle gingen in die Küche. Das Ergebnis war durchwachsen. Weil es keine Mayonnaise gab, nahm Luise Schweineschmalz.

»Hauptsache, es rutscht«, meinte der Krieg und füllte auf.

»Gibt's Musik?«, fragte die Pest. Luise legte Patricia Kaas auf. Es wurde gemütlich. »Erzählt mal!«, forderte Luise ihre Gäste auf. »Wie geht es euch?«

»Gut«, sagten alle auf einmal, wie Leute, die nicht gerne über sich und ihre Arbeit sprechen.

»Und wie geht es dir, Luise?«, flüsterte der Krieg.

Er hatte ein Auge auf die junge Frau geworfen, und die Gastgeberin spürte es. »Was ist mit deinem

Auge los?«, fragte sie ihn spontan. »Es starrt mich so gierig an.«

»Mein Glasauge starrt alles gierig an!«, antwortete der Krieg. »Schau lieber in das andere!«

Luise schaute in das andere, und sie hätte gewettet, dass es auch ein Glasauge war. Sie trank einen Schluck und gähnte demonstrativ.

»Hast du schöne Videos?«, fragte die Pest.

»Keine Videos«, grummelte der Tod, »wir ficken selbst!«

Er holte einen monströsen Alabasterdildo aus seinem Arztköfferchen und stieß ihn durch die Luft.

»Damit kannst du ein Feld pflügen«, frotzelte die Hungersnot.

»Ja«, grölte der Tod, »damit kann ich die ganze Erde ficken!«

Luise sah ihn gelangweilt an. Der Krieg legte eine Hand auf ihr Knie, fuhr über die Menisken. Der Tod ging hinaus in den Garten. Luise erhob sich und folgte ihm. Sie befürchtete, er könnte ihren prachtvollen Blumen etwas antun, fand ihn aber traurig vor. Er saß auf der Grillmauer und stocherte mit einem blütenlosen Rosenstängel in der alten Asche. Er weinte.

»Sag bloß, du hast dich auch in mich verliebt?«, fragte Luise.

Der Tod sah sie mit seinen schwarzen, hohlen Augen zärtlich an. »Nur einen Kuss!«, flehte er.

Da trat der Krieg aus dem Dunkel der Neumondnacht und schlug dem Tod mit der Handkante in den Nacken. Jeder andere wäre hinüber gewesen. Aber nicht der Tod. Er ging dem Krieg an die Gurgel, und beide rollten in den Fischteich.

Luise ging ins Haus zurück und sah, dass ihr Mann gekommen war. Sie glaubte, zu träumen!

Rainer sass zwischen Pest und Hungersnot. Sie hing an seinen Lippen, während die Hungersnot mit beiden Händen seine Hose untersuchte. »Schluss jetzt!«, rief Luise. »Macht, dass ihr rauskommt!«

»Entschuldigung«, murmelte die Hungersnot und knöpfte ihre Jutebluse zu. »Tut mir leid«, sagte die Pest mechanisch.

Der Krieg kam aus dem Garten rein und bat Rainer um trockene Sachen. »Komm mit«, sagte Rainer und ging mit ihm nach oben.

Der Tod kam angeschlurft. »Lasst uns aufbrechen. Wir werden erwartet!«

»Setz dich kurz hin«, sagte die Hungersnot. »Der Krieg zieht sich noch um.«

Da kam der Krieg auch schon die Treppe herunter. Er trug einen knallroten Anzug mit goldenem Schlips und sah verdammt gut aus. »Wie Thomas Gottschalk!«, schwärmte die Pest.

»Lasst uns aufbrechen!«, sagte der Tod.

»Und vielen Dank für den Hochdruckreiniger!«

»Ach«, fragte Luise, »wozu habt ihr den eigentlich gebraucht?«

»Die Hungersnot war schwanger«, antwortete die Pest.

»Und Kinder können wir uns einfach keine leisten. Vier sind schon hart genug für einen Gaul.«

Sie kletterte als Erste hoch, dann die Hungersnot, der Krieg und zuletzt der Tod. Er wäre abgerutscht, hätte nicht das Pferd, ein braves belgisches Kaltblut, ihn mit seinem Stummelschwanz gestützt. Sie ritten übers Trottoir, und Rainer und Luise winkten, bis sie in der Ferne verschwunden waren.

»Warum hat unser Dorf eigentlich nur eine einzige, lange gerade Straße?«, fragte Luise ihren Mann, und Rainer sagte: »Alles andere wäre für den Durchgangsverkehr nur hinderlich. Wie waren denn die ... na, sag schon!«

Luise hakte ihren Mann unter. »Das Surprise-Team meinst du?«

»Ja«, sagte Rainer, »diese Apokalyptischen Reiter.«

»Auch nicht besser als die Lustigen Musikanten«, lachte Luise und ließ den Kater Mausi rein, der als Beweis zwei Federn brachte.

Das Schlaghosendenkmal

TIERE UNTER SICH

Zwei Fliegen hatten sich auf einer Sonnenblume niedergelassen und betrachteten die Welt mit äußerstem Wohlgefallen. »Sieh dir die Rosen an!«, rief die eine. »Dieses Rot!«

»Und dort die wohlgenährten Menschen in ihren bunten Badesachen!«, freute sich die andere. »Ich krieg mich gar nicht ein!«

Die Begeisterung der beiden Insekten war so groß, dass sie nicht bemerkten, wie eine Amsel sich neben sie auf der Blume niederließ. Erst als auch der Vogel entzückt die Umwelt pries, entdeckten die Fliegen ihre Nachbarin und sahn sich unsicher an.

Sie wussten nicht, ob sie dem Vogel trauen konnten.

Sie sahn die Amsel an, und auch der Vogel neigte interessiert sein schlaues Köpfchen und nahm die Fliegen in Augenschein.

»So schöne Fliegen!«, rief sie scheinbar hocherfreut. »So schöne Tierchen! Seid gegrüßt! Genießt ihr wie ich die herrliche Aussicht oder ruht ihr euch bloß aus?«

»Beides«, sagten die Fliegen. »Wir ruhen uns aus und erfreuen uns an diesem wunderbaren Anblick! Selten lag der Garten in einem so zauberhaften Licht, glitzerten die Luftatome so spektakulär!«

»Ihr meint unspektakulär«, sagte die Amsel.

»Nein«, erwiderten die Fliegen, »wir meinen spektakulär!«

»Spektakulär!«, lachte die Amsel. »Was habt ihr denn für Augen!?«

»Schau dir deine Augen an!«, entgegneten die Insekten.

Und während sie so stritten, erklomm ein fetter Kater die Sonnenblume und machte es sich oben auf der Blüte bequem. Die Amsel und die Fliegen mussten auf den Rand ausweichen und pflaumten den Kater an.

»Seid still, sonst fress ich euch!«, drohte das getigerte Ungetüm. Die Sonnenblume schwankte und wankte bedenklich.

»Hau ab!«, riefen die Fliegen. »Geh runter! Sonst bricht die Blume zusammen und unsere tolle Aussichtsplattform ist dahin!«

»Und wenn schon«, maunzte die Katze. »Ich find schon eine neue!«

»Du rücksichtsloser Fettsack!«, schimpften die Fliegen.

Da flog die Amsel auf eine andere Sonnenblume. Die Fliegen hinterher. Auch der Kater sprang nun auf die andere Sonnenblume. Bevor er landete, waren der Vogel und die Fliegen bereits zu einer dritten Sonnenblume weitergeflogen. Der Kater hinterher. So entstand ein lustiges Spiel.

Die Amsel und die Fliegen verstanden bald, dass der Kater nicht wirklich böse war. »Er sucht Freunde!«, riefen die Fliegen einander zu. Da stürzte ihr Spielgefährte ab! Schlaganfall! Sein Frauchen, das das ausgelassene Treiben der Tiere vom Liegestuhl aus beobachtet hatte, fuhr sofort mit ihrem Liebling in die Katzenklinik, wo sein Leben gerettet werden konnte. Aber sein Augenlicht und die Hörfähigkeit waren für immer verloren. Die Amsel erzählte den Fliegen die schlimme Neuigkeit.

»Besser als tot!«, brummten die Insekten und schwirrten ab. Betroffen saß die Amsel da. »Kein Mitleid!«, sprach sie zu sich selbst und ließ sich durch die scheinbar gefühllose Art der Sechsbeiner zu einem neuen Lied inspirieren. Es hieß »Kein Mitleid, überhaupt keins!« und klang so manche Nacht durch die verschämte Dunkelheit, die es, wie ja so oft, auch diesmal besser wusste. Denn die beiden Fliegen besuchten den fetten Kater jeden Tag. Sie krochen, eine links und eine rechts, in die warmen Katzenohren und summten dort die schönsten Fliegensongs. Die konnte der Kater zwar nicht hören, aber er fühlte sie genau und schnurrte ihre leichten Melodien bereits nach ein paar Wochen mit. Sein Frauchen sprach zu ihrem Mann: »So musikalisch war er früher nicht!«

Der Mann, ein dünner Lyriker, sah von seiner Bettlektüre auf und sprach den rätselhaften Satz: »Vom Hut aus gesehen ist der Himmel hell und unbehaart.« Er hatte offensichtlich nichts mit der Bemerkung seiner Frau zu tun.

Dennoch dachte sie kurz nach, bevor sie ihn vergaß.

DAS GLÜCK

Als Lore Wutzki die Schwarzwurzelschalen aus der Spüle fischte, hatte sie den Eindruck, ein kleines Männchen tropfte mit dem Wasser in das Becken, und als sie vom Abfalleimer an die Spüle zurückkehrte, um sie zu säubern, sah sie tatsächlich ein kleines Männchen auf dem Ausgussrand hocken.

Lore kniff sich in den Bauch. Nein, sie träumte nicht: Da hockte wirklich ein Männchen und starrte durch die runden Abflusslöcher schweigend in die Tiefe.

»He, Sie da!«, rief Lore. »Können Sie mich verstehn?«

»Du kannst mich ruhig duzen, liebe Lore«, sagte das Männlein, »ich bin der Wurzelsepp und werde dir Glück bringen, denn ich besitze Zauberkräfte.«

Lore entsann sich, als Kind einmal ein ähnliches Wesen in einem Buch ihres Großvaters gesehn zu haben. »Bist du eine Alraune?«, fragte sie unsicher.

»Alraune?«, staunte das Männchen. »Nie gehört. Ich bin der Wurzelsepp, und ich werde dir Glück bringen, denn ich besitze große Zauberkräfte!«

Lore wurde misstrauisch. Sie sah sich um und durchsuchte die ganze Küche nach einer versteckten Kamera. Sie wollte nicht von der halben Nation dabei ertappt werden, wie sie auf einen kleinen Mann hereinfiel, der ihr Glück versprach.

Sie konnte die Kamera nicht finden.

»Hilfe«, dachte Lore, »ich muss Hilfe holen!«

Sie rief ihre Nachbarin Susanne an. »Susanne«, flüsterte sie, »in meiner Küche hockt ein kleiner Mann, der mir Glück verspricht.«

Die Nachbarin war von Lores poetischer Sprechweise irritiert und fragte nach: »Meinst du Hannes hat Schlechtwetter und geht dir auf die Nerven?«

»Nein«, rief Lore gereizt und stellte klar, dass es sich bei dem Männchen nicht um ihren Mann handelte, sondern um eine Art Alraune, die beim Schwarzwurzelschälen anfiel. »Sei nicht töricht«, bat die Nachbarin. »Soviel ich weiß, entstehn Alraunen nur aus der Alraunenwurzel und auch nur dort, wo der Harn oder der Samen eines Gehenkten hinplätschert oder tropft. Aber aus einer Schwarzwurzel ... nee, Lore, das gibt's nicht.«

»Aber heutzutage ist doch alles möglich«, wandte Lore ein.

»Auch nicht mehr als früher«, sagte Susanne.

»Denk an die Genmanipulation!«, rief Lore.

»Was haben Genmanipulationen denn mit dem Harn oder dem Samen von Gehenkten zu tun?«, entgegnete Susanne, und Lore musste nachdenken.

»Wäre es nicht möglich«, fragte sie nach einer ganzen Weile, »dass auf dem Feld, wo die Schwarzwurzeln wuchsen, ein Kapitalverbrechen geschehen ist?«

Die Nachbarin, geschieden, 34, musste herzlich lachen. »Lore! An dir ist ja ein Peter Strohm verloren gegangen!«

Lore Wutzki registrierte mit stechendem Herzen, dass ihre Nachbarin sich über sie lustig machte. Sie warf den Hörer fort und ging wütend zurück in die Küche. Dort hockte das Männchen unverändert. Als er Lore bemerkte, sagte er brav sein Sprüchlein auf. Eine unmenschliche Unruhe überkam Lore, und sie musste einen Schluck Mariakron trinken, um nicht fortzulaufen.

Am späten Nachmittag kehrte ihr Mann Hannes Wutzki von der Arbeit heim. Lore zeigte ihm sofort das Männchen.

»Ein Stück Schwarzwurzel«, sagte der Polier und setzte sich an den Tisch.

»Aber, Hannes, hörst du nicht, wie er spricht?«, fragte Lore.

»Nee«, sagte der Mann und goss sich helle Soße über die Kartoffeln. Als er am nächsten Tag von der Arbeit kam, war seine Frau verschwunden. Sie hatte ihr ganzes gemeinsames Erspartes, das neue Auto quasi, mitgenommen und einen Zettel hinterlassen, auf dem geschrieben stand, sie müsse der Sache auf den Grund gehn. Obwohl Hannes Wutzki sofort die Polizei informierte und eine große Suchaktion gestartet wurde, blieb Lore unauffindbar.

Sie hatte sich nach Belgien abgesetzt, wo sie das Anbaugebiet jener Schwarzwurzeln in der Nähe von Charleroi ausfindig gemacht hatte. Sie quartierte sich in einer Pension im Zentrum des Dorfes Charnoy ein, lernte die Landessprache und nahm einen Job als Gemüseverkäuferin an. Nach zwei Jahren waren ihre Ersparnisse verbraucht, ohne dass sie mit ihren Nachforschungen weitergekommen war. Sie suchte eine neue Anstellung und fand sie in einem Nachtklub direkt in Charleroi. Von einem Gast dieses Lokals erhielt sie anderthalb Jahre später den entscheidenden Hinweis zur Aufklärung jenes Verbrechens, an das sie so fest glaubte. Obwohl die belgischen Behörden für Lores Bemühungen nichts übrig hatten und ihre Tipps ignorierten, stand es für die unnachgiebige Deutsche außer Zweifel, dass auf den Schwarzwurzelfeldern zwischen Charleroi und Charnoy vor fünf Jahren am 28. September ein junger Mann von zwei Polizisten regelrecht hingerichtet worden war, weil er aus Dummheit oder Raffinesse, das ließ sich nicht mehr eindeutig rekonstruieren, ein gemeinsames Waffengeschäft gründlich vermasselt hatte.

Nun, da für sie die Sache erledigt und klar war, dass es sich bei dem Schwarzwurzelmännchen, das sie zu Hause in der Kuckucksuhr versteckt hatte, durchaus um eine Alraune handeln könnte, kehrte sie zu ihrem Mann zurück. Lore musste aber hören, dass Hannes Wutzki bereits vor drei Jahren gemeinsam mit der Nachbarin ins Nachbardorf gezogen wäre, dass sie schon drei Kinder hätten und ein schmuckes Haus mit Reetdach. Lore besuchte sie umgehend.

»Wir hielten dich für tot«, sagten Hannes und Susanne Hand in Hand. Sie baten Lore ins Haus, zeigten ihr alle Zimmer und gestanden ihr ganz ohne Peinlichkeit, wie glücklich sie wären.

»Und weißt du, Lore«, sagte Hannes, als sie es sich im Kaminzimmer bei einem Gläschen Trüffelschnaps gemütlich machten und er bemerkte, dass seine Ex-Frau das alte Schwarzwurzelstückchen auf der Vitrine mit den wertvollen Delfter Fayencen entdeckt hatte. »Eigentlich fing mein Glück ja damit an, dass ich ungefähr zwei Wochen nach deinem Verschwinden die Kuckucksuhr reparierte und das da fand. Es erinnerte mich an dich und deine Verrücktheit, entschuldige.

Aber so war es und aus dieser Sentimentalität heraus hob ich es auf.

Noch in derselben Woche lernten Susanne und ich uns näher kennen und eine Woche später knackte ich den Jackpot.«

Lore ging hinüber zur Vitrine. Sie betrachtete den Wurzelsepp aus der Nähe. Sie nahm ihn in die Hand. Eine dicke Träne fiel auf den Kopf des schlafenden Männchens. Es wachte auf, schüttelte sich und rief: »Das Meer ist da, der Ozean!«

»Nein«, sagte Lore. »Ich bin's.«

SO EIN TAG

Ein Mann fand unterm Kissen, huch!
Ein Lendentuch mit Fischgeruch.
Das regte ihn zum Träumen an
und ganz verzaubert sang der Mann
das Lied vom Meer und seinen Wellen.
Er konnte sich so gut vorstellen,
ein Tröpfchen Ozean zu sein!
Da kam der Briefträger herein.
Hier ist die Flaschenpost!, rief er.
Gleich ein ganzer Kasten voll!
Ja, manche Tage sind schon toll.

Der kleine Spanner
Paul beobachtet einen

DER GUTE TRICK

Es gibt immer wieder Situationen, in die Menschen kommen können. Friedhelm Lehbeck, zum Beispiel, war beim Einkaufen ohnmächtig geworden und von mitleidigen Passanten in die am Marktplatz gelegene Praxis des jungen Dentisten Dr. Nervtöter getragen worden.

Friedhelm kam wieder zu sich und flüsterte: »Nicht bohren.«

Alle staunten über seine schnelle Auffassungsgabe, und die Sprechstundenhilfe Gabi war ihm beim Aufstehn behilflich. Sie bugsierte ihn in einen schwarzen Freischwinger. »Sie sind ohnmächtig geworden«, sagte sie leise.

Friedhelm sah das riesige Gebiss am Fenster und an der Wand das Poster zum Thema Karies. »Ich hab gleich Feierabend«, sagte Gabi. »Dann kann ich Sie nach Hause fahrn. Wohnen Sie weit weg von hier?«

»Nein«, sagte Friedhelm, »ich wohn gleich um die Ecke.«

»Umso besser«, sagte Gabi und gab dem letzten Patienten einen Zettel mit dem nächsten Termin. »Wie lange nichts essen?«, fragte der Patient im Gehn. »Vier Tage!«, lachte Gabi und ging nach hinten, ihren Mantel holen.

Auf der Straße ergriff sie gleich die Initiative.

»Ich bin Gabi«, sagte sie. »Wo haben Sie das tolle T-Shirt her?«

»Gefunden«, sagte Friedhelm.

»Ein T-Shirt, auf dem LIEB SEIN steht, hab ich noch nie gesehn«, fuhr Gabi fort. Friedhelm schwieg.

Es blies ein starker Rückenwind.

»Sie legen sich zu Hause erst mal hin, machen die Augen zu, und ich lese Ihnen etwas vor«, meinte Gabi.

»Ich habe keine Bücher«, wandte Friedhelm ein.

»Was?!«, rief Gabi. »Sie haben kein einziges Buch?«

Friedhelm verneinte still.

»Aber ich könnte Ihnen meine Briefmarkensammlung zeigen«, schlug er vor. »Auch gut«, sagte Gabi.

»Da sind wir!«, rief Friedhelm und suchte seine Schlüssel.

»Da sind sie«, sagte Gabi und zog den Bund aus Friedhelms Ledertäschchen, das sie vorsichtshalber an sich genommen hatte.

Bei Baumkuchen und Malventee zeigte Friedhelm der jungen Frau seine Briefmarkensammlung. »Sehr schön!«, bemerkte Gabi. »Wirklich sehr schön, Herr Lehbeck! Eine herrliche Sammlung haben Sie da. Aber sagen Sie mir bitte, warum haben Sie die ganzen Zacken abgeschnitten?«

»Das ist eine reine Vorsichtsmaßnahme«, erklärte Friedhelm. »Sie wissen ja wohl selbst, wie leicht diese Zacken abbrechen. Deshalb habe ich sie abgeschnitten. Sie werden mit Zuordnungsvermerken gesondert in speziellen Zackenalben aufbewahrt. Das verursacht zwar ein wenig Mehrarbeit und bedeutet auch nicht gerade eine Platzersparnis. Aber was tut man nicht für seine Leidenschaft!«

»Ja, die Leidenschaft!«, seufzte Gabi und forderte Friedhelm auf, seinen Po frei zu machen, da sie ihn gegen Mainstream impfen wollte. »Gegen Mainstream?«, fragte Friedhelm. »Hat das der Gesundheitsminister angeordnet?«

»So ist es«, sagte Gabi. »Alle Außenseiter müssen geimpft werden. Ihr Erbmaterial wird gesichtet und für die nächsten Generationen sichergestellt, sofern es sich um echte Außenseiter handelt.«

Friedhelm hatte sich frei gemacht, und Gabi stach die Nadel in Friedhelms Hintern. Er fühlte sich gut. »Eine Auffrischimpfung wird in zwanzig Jahren fällig«, sagte die geschickte Frau und schloss ihren Impfkasten.

»Was bin ich Ihnen schuldig?«, fragte Friedhelm.

»Keinen Pfennig«, gab Gabi zurück. »Der Staat lässt sich die Außenseiter einiges kosten, weil sie für die Gesellschaft äußerst wertvoll sind. Ohne sie gäbe es keine Vergleichsmöglichkeiten und keinen verlässlichen Maßstab für Normalität. Und nicht zuletzt sind Außenseiter die am stärksten expandierende Randgruppe. Neuesten Schätzungen zufolge wird im Jahre 2008 jeder zweite ein Außenseiter sein.«

»Moment mal!«, rief Friedhelm. »Stopp! Jetzt haben Sie sich verplappert – wenn die Zahl der Außenseiter stetig zunimmt, warum werden sie dann geschützt wie seltene Tiere?«

»Ich muss gehn«, antwortete Gabi. »Ich bin müde. Es war ein harter Tag, und irgendwann verplappert sich jeder mal!« Sie ging und hinterließ ihr Kärtchen auf dem Beistelltisch neben der Fernsehcouch. Friedhelm entdeckte es erst am nächsten Morgen. POSTYLISTIN GABI STANGE NUR HAUSBESUCHE. Darunter stand ihre Telefonnummer.

»Na, so was!«, dachte Friedhelm. Er fasste sich an den Hintern. Er war schön rund. So rund und knackig war er noch nie gewesen und so erstklassig blieb er nur zwei Wochen. Danach war er wieder flach und schlaff wie früher.

Friedhelm hatte sich in dieser Zeit aber an seinen neuen Po gewöhnt. Wie so viele, hatte auch ihn die Schönheit süchtig gemacht. Er rief Gabi Stange an und wurde Stammkunde, was ihm zwar bis heute nicht wie erhofft die feste Freundin gebracht hat, jedoch immerhin die Gewissheit, etwas für sich selbst zu tun.

DIE MUSIK

Immer, wenn ich traurig bin, denke ich an die Geschichte vom Brathering. Er war von seiner Braut zwei Stunden vor der Hochzeit verlassen worden. Nun irrte er kopflos durch die Straßen seiner Heimatstadt und stand bald ganz erschöpft und hoffnungslos auf der St. Martinsbrücke.

Er wollte sich in die grünen Fluten des Flusses stürzen, hatte schon das Gleichgewicht verloren, da trat ihm jemand auf den Schwanz. Vor Schmerz und Schreck gewann der Brathering das Gleichgewicht prompt wieder und blickte auf den langen schlanken Hals seiner Retterin Amanda K., einer Außendienstmitarbeiterin des Notfallamtes, die in ihrer Mittagspause wie gewöhnlich über die Brücke in ihr Stammlokal spazierte.

»Ach, Herr Breunlich!«, rief die resolute Frau im besten Alter, »was machen Sie denn nur?«

»Ich will nicht mehr leben!«, schrie der Brathering. »Meine Braut hat mich verlassen. Und das zwei Stunden vor der Hochzeit!«

»Herr Breunlich«, sagte Amanda ganz ruhig, »sehen Sie das Ganze einmal von der positiven Seite: Stellen Sie sich vor, Ihre Braut hätte Sie nach der Hochzeit verlassen! Wäre das nicht zehnmal schlimmer gewesen? Oder stellen Sie sich vor, Sie hätten sie mit einem Bismarckhering im Ehebett erwischt! Wäre das nicht hundertmal schlimmer gewesen? Und wäre es nicht tausendmal schlimmer gewesen, Sie hätten Ihre Braut mit einer öligen Sardine um die Ecke biegen sehn? Und wäre es nicht hunderttausendmal schlimmer gewesen, Ihre Braut wäre zu einem dieser geschmacklosen Filets in die Tunke gestiegen?«

Der Brathering blickte weiter auf den Hals der Außendienstmitarbeiterin und fragte: »Liebe Frau! Muss man sich immer etwas Schlimmes vorstellen, damit die Wirklichkeit sich aufhellt?«

»Nicht immer«, sagte Amanda. »Aber im Notfall hilft es manchmal.«

»Mir nicht«, sagte der Brathering, »ich weiß nicht, wie ich weiterleben soll.«

»Hat die Welt solch einen Unsinn je gehört!«, rief Amanda. »Ein junger, gesunder Brathering, der das ganze Leben noch vor sich hat, weiß nicht mehr weiter! Kommen Sie mit! Ich bringe Sie fürs Erste zu einem Freund von mir. Er mag Fische und wohnt in einer ruhigen Gegend. Dort können Sie wieder zu sich selbst finden.«

Amanda K. rollte den Brathering in ein Taschentuch und packte ihn in die Handtasche. Sie brachte ihn zu ihrem Freund, den Phänomenologen Dr. Scheinhardt. Er bot dem Brathering sein Gästezimmer an, und Herr Breunlich fühlte sich sogleich sehr wohl.

Es dauerte nicht lange, da hatte er sich mit dem Goldfischpärchen Lars und Anke angefreundet. Stundenlang räkelte Herr Breunlich sich auf dem Beckenrand oder ließ sich auf einem imprägnierten Pappschälchen über das Wasser treiben.

Dann sprachen die Fische stundenlang über alles und nichts, über Algen und Freiheit, über Futter und Schuppen und Kiementricks. Sie spielten an der Oberfläche Blinde Kuh und Flossenraten, die Reise nach

Jerusalem und Ichsehewaswasdunichtsiehst. Als der Brathering nach einiger Zeit Doktorspiele vorschlug, wurde Lars misstrauisch. Auch Dr. Scheinhardt war es nicht entgangen, dass sich zwischen Herrn Breunlich und Anke die Liebe wie ein Abgrund auftat.

Eines Abends nahm er den Brathering beiseite.

»Lieber Herr Breunlich! Ich kann es nicht mehr länger mit ansehen, wie Sie der armen Anke den Kopf verdrehn! Sie wissen selbst, dass eine Liebe zwischen Brathering und Goldfisch ein Ding der Unmöglichkeit ist! Sie können nicht im Wasser leben und Anke nicht an Land, jedenfalls nicht für länger. Und außerdem: Der arme Lars kommt vor Eifersucht fast um. Man kann die Gräten schon zählen. Also, Sie brechen den Kontakt zu den beiden ganz ab, oder ich muss Sie bitten, sich eine neue Unterkunft zu suchen.«

Herr Breunlich ging betreten auf sein Zimmer.

»Eine neue Unterkunft! Wie stellt der sich das vor? Ich habe kaum Kontakte, kein Geld und keine Freunde!«

Er dachte lange nach.

Am nächsten Morgen stand der Brathering schon in aller Herrgottsfrühe mit seinem Köfferchen vor Amandas Tür. Er berichtete ihr von seinem großen Dilemma, und Amanda rief: »Herr Breunlich, Herr Breunlich! Sie haben mit der Liebe aber gar kein Glück!«

Der Brathering sah sie hilflos an. »Was soll ich tun, Frau Keese?«

Amanda bat ihn ins Haus und bot ihm fürs Erste eine Bleibe an. Jetzt müsse sie aber los, zur Arbeit, sagte sie. Sie würde sich etwas einfallen lassen. Rasch erklärte sie ihrem Gast die TV-Fernbedienung und weg war sie.

Der Brathering ging in die Küche Salzstangen und Cola holen. Dann legte er sich auf die Couch und schaltete den Unterwasserkanal ein. Als der Revuefilm *Zwei Flundern im ¾-Takt* zu Ende war, sah er sich die Zoonachrichten an. Es gab einen Bericht über die Gazelle Petra Sömmering, eine hübsche Nymphomanin, die seit geraumer Zeit an Depressionen litt und nicht mehr in die Sonne ging. Herr Breunlich verliebte sich in sie und machte sich unverzüglich auf den Weg in den Zoo. Er schlüpfte durch den Zaun und erreichte ohne Schwierigkeiten den Gazellen-Pavillon. Alle Tiere lagen im Innern des Hauses und verfolgten aufmerksam den Film *Jenseits von Afrika,* denn es war Mittwoch, der Filmtag im Zoo. Nach dem Abspann flitzten alle Tiere – bis auf Petra – nach draußen, sogen die dicke Mailuft ein und rieben sich am Zaun.

Herr Breunlich ging auf Petra zu und küsste ihr den Vorderhuf. Er gestand ihr seine Liebe ohne Umschweife und bat sie, bei ihr bleiben zu dürfen. Der Gazelle war der ehrliche Brathering nicht unsympathisch. Aber sie sah keine Möglichkeit.

»Wenn der Pfleger dich entdeckt, bist du geliefert«, sagte Petra und stellte ihre Lauscher auf. »Da kommt er schon. Schnell, schnell! Versteck dich!«

»Wo denn?«, rief der umständliche Herr Breunlich in seiner Not, und Petra flüsterte: »Mach schnell! Kriech unter mein Schwänzchen.«

Herr Breunlich hörte auf sie, und der Pfleger sah ihn nicht.

»Komm raus!«, rief die Gazelle. »Die Luft ist rein.«

Herr Breunlich reagierte nicht.

Der Bock Wolfgang kam rein und wollte Petra besteigen. Er schnupperte an ihrem Hinterteil und schüttelte sich vor Ekel. Petra hob ihr Schwänzchen hoch, und Wolfgang glaubte, einen üblen Ausschlag zu sehn, ach was! Er sah die Fäulnis selbst! Der Bock suchte das Weite.

Da erkannte die kluge Gazelle den Vorteil einer Zweierbeziehung, und sie erzählte Herrn Breunlich den wahren Grund ihrer Depressionen: Sie war überhaupt keine Nymphomanin, wurde aber ständig von den geilen Böcken belästigt!

»Das wird ein Ende haben, wenn wir zusammenbleiben«, versprach Herr Breunlich, und die bezaubernde Gazelle blickte dankbar nach hinten.

Drei Wochen später wurde der Brathering bei einer Routineuntersuchung vom Tierarzt Dr. Ruthe entdeckt und an den perversen Pelikan Gernot Sauer verfüttert …

Doch in dieser kurzen Zeit lebten Petra Sömmering und Herr Breunlich sehr glücklich zusammen, und wie gesagt, immer, wenn ich traurig bin und hoffnungslos verliebt, kommt mir diese Geschichte in den Sinn, und sie macht Mut.

Denn was ein Brathering schafft, müsste auch für einen Menschen möglich sein, der das ewige Gebrüll der Sehnsucht für gute Musik hält.

DIE STRAFE

2 Bierchen gingen spazieren.
Sie hatten nichts getrunken.
Trotzdem hat die Polizei sie
an den Straßenrand gewunken!

Ihr seid ja beide mächtig voll!,
sagten die Polizisten.
Die Bierchen schwiegen vor sich hin,
als ob sie gar nichts wüssten.

Die 2 Beamten sahn sich an,
schnell warn die Flaschen leer.
Für Bierchen gibt es keine Gnade
im Berufsverkehr.

DIE BLAUE FLAMME

»Meine Wohnung ist so leblos!«, klagte Eva ihrer Freundin Evelyn. »Liegt es an den kleinen Fenstern, den kahlen Wänden? Soll ich den Teppich rausreißen, den Parkettfußboden abschleifen?«

»Kindchen«, sagte Evelyn, »das ist eine viel zu große Schweinerei! Hol dir lieber den Halogen-Design-Pendel-Spot *Memphis* in Weiß und Blau. Das bringt Atmosphäre in jeder Situation!«

Eva folgte dem Rat ihrer Freundin. Vor dem Verlassen des Beleuchtungsstudios füllte sie noch die Karte für das große Lichtquiz aus, und zwei Monate später hatte sie den ersten Preis gewonnen: eine echte Wunderlampe!

Sie kam mit der Post und tauchte die ganze Wohnung, die ganze Umgebung in ein geheimnisvolles Licht, das alle, die es wahrnahmen, in einen wunderlichen Zustand versetzte. Außer Eva befand sich noch ihre Freundin Evelyn in der Wohnung, und beide Frauen hatten das Gefühl, dicke Augen zu haben und undurchsichtige Pupillen. »So ein Scheiß-Preis«, motzte Evelyn, »was solln wir denn mit einer Wunderlampe, von der man dicke Augen und undurchsichtige Pupillen kriegt?«

Eva schwieg. Auch sie war sehr enttäuscht.

»Nie mehr gewinne ich ein Quiz!«, schwor sie sich und nahm die Hände vors Gesicht. Ihre Fingerkuppen betasteten die Sorgenfalten auf der Stirn. »Warum habe ich eigentlich Sorgenfalten?«, fragte sie sich. »Ich bin völlig sorgenfrei, habe keinerlei Probleme und bewege mich mit einer Leichtigkeit durchs Leben, dass andere neidisch werden und mich meiden wie der Kuckuck seine Brut. Nun gut.« Sie stand auf. »Evelyn«, rief sie, »ich werde diese Wunderlampe aus dem Fenster schmeißen. Ich bin ohne sie verdammt glücklich. Soll ich mir wegen einer unnützen Lampe graue Haare wachsen lassen?«

»Bitte«, sagte Evelyn, »wirf sie nicht aus dem Fenster. Sie könnte spielende Kinder verletzen. Tu sie zum Müll oder schenk sie einem unsympathischen Menschen.«

Eva nahm die Wunderlampe und brachte sie ihrem Nachbarn Werner Zonk, der sie zwar mit gemischten Gefühlen entgegennahm, aber schon bald ihre Vorteile erkannte.

Gleich am nächsten Morgen überfiel er eine Bank und erbeutete über 80 000 Dollar. Er selbst trug bei dem Überfall eine Schweißerbrille. Erst nach weiteren dreiundzwanzig Überfällen kam die Polizei auf die Idee, dass diese Brille den Räuber nicht nur vor dem Erkanntwerden, sondern auch vor der Wirkung seiner Lichtschleuder schützte. Kaum hatte sie diesen Verdacht öffentlich geäußert, war die Bankräuber-Karriere des Werner Zonk alias Aladin praktisch beendet, denn alle Banken und Sparkassen der näheren und weiteren Umgebung wiesen ihre Angestellten an, sich zur eigenen Sicherheit Schweißerbrillen anzuschaffen und diese während der Arbeit zu tragen.

Die stark gestiegene Nachfrage rief natürlich sofort die eifrigen Designer auf den Plan. Sie entwarfen umwerfende Modelle. Die anfangs noch recht unwilligen

Bank- und Sparkassenmitarbeiter wurden von einem regelrechten Schweißerbrillenfieber ergriffen und einige bemerkenswerte Sammlungen entstanden.

Eva und Evelyn, die als Mitwisserinnen nach den ersten Überfällen von Werner Prozente verlangt und auch bekommen hatten, warfen als talentierte Hobby-Künstlerinnen selbst einige Kollektionen auf den Markt, wobei sie die Frechheit besaßen, sich als Firma *Werner Zonk Unlimited* zu nennen.

Der Kriminelle selbst setzte sich kurze Zeit später nach Klein-Tibet in Nordindien ab und hinterließ Eva und Evelyn die Wunderlampe. Die beiden Frauen benutzten sie ohne zu zögern für ihren neuen Brillen-Werbespot. Er schlug ein wie eine Bombe, denn alle Fernsehzuschauer bekamen dicke Augen und undurchsichtige Pupillen. Die Kriminalpolizei meldete sich bei *Werner Zonk Unlimited* und fragte, woher die Lampe stamme.

»Aus der Werkstatt des Schweißgenies Henry D.«, sagten die beiden Frauen. Ihre phänomenale Wirkung beruhe einzig und allein auf der Kraft des schnellen Feuers, der Macht der blauen Flammen.

Die Ermittlungen wurden eingestellt, aus Personalmangel hieß es. Eva und Evelyn wurden noch im selben Jahr zu Unternehmerinnen des Jahres gekürt und auf die Frage nach der Grundvoraussetzung für Erfolg sagten sie, auch in Erinnerung an jenes Preisausschreiben: »Mitmachen, immer mitmachen!«

Das ist das Bumerangküken Egon. Bis vor ein paar Tagen war es noch ganz nackt. Jetzt zeigt sich an seinem Rand bereits der erste Flaum. Bald wird Egon flügge sein.
Das ist Rico. Schon als Kind wurde er wegen seiner abstehenden Koteletten gehänselt.

VOM ÜBERLEBEN

Der Einsiedler Peter Zutreter war erschüttert.

Bis jetzt hatte er gut für sich und seinen Hasen Ernst Jünger sorgen können. Aber mit Einführung der Waldsteuer war Peter ruiniert, denn vor seiner bescheidenen Hütte standen sieben gewaltige Eichen und für die sollte er nun viel Geld bezahlen.

»Ach, Ernst!«, grummelte der wortkarge Einsiedler. »Was soll ich tun?«

Sein kleiner Kamerad sah ihn wie immer mitfühlend an, kapierte aber nichts. Da brannte bei dem sanftmütigen Mann eine Sicherung durch. Er zog sich sein ältestes T-Shirt an und lief ins Dorf, wo er eine Rentnerin verprügelte und zwei Schulkinder zusammenschlug. Erst der herbeigeeilte Postbeamte Ramsäuer konnte ihn durch einen gezielten Tritt stoppen. Aber anstatt Hilfe zu holen, wartete Ramsäuer die Regenerationsphase des Einsiedlers ruhig ab. Er redete freundlich auf ihn ein und erfuhr auch den Grund für Peters abstoßendes Verhalten. Dann traf ihn ein Kinnhaken des Einsiedlers am Hals, und er verlor das Bewusstsein.

Der Einsiedler rannte auf den Bauhof der Gemeinde und brach in einen Schuppen ein. Er entwendete eine Kettensäge und fällte mit ihr die sieben mächtigen Eichen vor seinem Haus. Als die siebte Eiche laut krachend auf die Erde krachte, kam die Polizei mit fünfzehn Jeeps in das unwegsame Gebiet und umzingelte den Einsiedler. Der Einsatzleiter rief: »Peter sei lieb und steig in einen Jeep!«

Das machte den überreizten Mann noch aggressiver, und er rannte mit singender Kettensäge auf den Einsatzleiter zu!

Dessen Kollegen brachten den Amokläufer mit wenigen Schüssen zur Strecke. »Wovon hat der Idiot eigentlich gelebt?«, fragte ein Polizist den anderen, als sie die Leiche des Einsiedlers aufluden. »Von Beeren und Pilzen!«, lachte der andere.

Währenddessen untersuchte der Einsatzleiter das Häuschen und fand den Hasen. Er packte ihn bei den Ohren und fragte: »Na, mein Kleiner! Wie heißt du denn?«

»Ernst Jünger«, sagte das kuschelige Tier.

»Ist das nicht ein etwas unpassender Name für ein Häschen?«, fragte der Beamte und gab das Tier einem Kollegen zur Aufbewahrung, ohne die Antwort abzuwarten. Der Hase sah den Kollegen mit großen Augen an. Er ahnte, dass für ihn ein neues Leben angefangen hatte und freute sich auf die Zukunft. »Mach dir keine Illusionen!«, sprach der Polizist. »Wir liefern dich im Tierheim ab, da kriegst du einen neuen Namen und wenn dich innerhalb der nächsten vierzehn Tage niemand haben will, landest du im Römertopf des Heimleiters.«

Ernst Jünger musste schlucken. »Könnt ihr mich nicht einfach an der nächsten Kreuzung rauslassen?«

»Wie stellst du dir das vor?«, fragten die Polizisten. »Wenn die Kollegen sehen, dass wir dich einfach laufen lassen ...«

»Ja, ja!«, unterbrach ihn der Hase. »Und wenn ich euch einen blase?«

»Du uns einen blasen?«, lachte der Polizist. »Du mit deinen scharfen Zähnen?«

Der Hase schob mit den Vorderläufen seine Lippen auseinander.

»Keine Zähne!?«, staunten die Polizisten.

»Keine Zähne«, sagte der Hase. »Der Einsiedler hat sie mir gezogen, er war früher Zahnarzt gewesen.«

Die Polizisten sahn sich an und lachten. So was hatten sie auch noch nicht erlebt: ein sprechender Hase ohne Zähne, der ihnen einen blasen wollte, um frei zu sein!

Natürlich ließen sie ihn nicht laufen. Wie hätte das arme Tier sich allein in freier Wildbahn ernähren können? Sie lieferten ihn vorschriftsmäßig im Tierheim ab. Als sich einer von ihnen Wochen später nach ihm erkundigte, erfuhr er, dass der Heimleiter höchstpersönlich den Hasen adoptiert hatte. Ernst Jünger hieß jetzt Marilyn, wohl wegen der hellen Ohren.

DAS MÄRCHEN VON MIREILLE

Es war vor wenigen Tagen in einer kleinen Konditorei. Da entdeckte die Bedienung Mireille unter dem Tischchen am Fenster zum Garten ein kleines m mit vier Beinchen. Es wollte fliehen, aber die fixe Mireille hielt es am Schwänzchen fest und sagte: »Hiergeblieben!«

Sie legte es in einen sauberen Aschenbecher und betrachtete den seltsamen Buchstaben intensiv. Sie hatte noch nie zuvor ein kleines m mit vier Beinchen gesehen und war so sehr ins Staunen vertieft, dass sie die Chefin nicht bemerkte, welche über Mireilles Schulter in den Aschenbecher blickte.

Wie erschrak das arme Mädchen, als die Chefin schrie: »Gib sofort diesen einmaligen Buchstaben her, du hinterfotziges Miststück!«

»Aber, Chefin!«, sprach das bange Mädchen. »Ich wollte mir dieses kleine m gar nicht unter den Nagel reißen! Ich fand es vor wenigen Minuten und habe es lediglich bewundert. Gerade wollte ich es Ihnen bringen, da …«

»Still!«, schrie die Chefin. »Du bist entlassen!«

Sie nahm das kleine m und ließ es in ihren Ausschnitt plumpsen. Völlig aufgelöst begab Mireille sich ins Personalstübchen und schlüpfte aus ihrer schwarz-weißen Dienstkleidung in ihr buntes Feierabendkostüm.

Bald war es von den vielen Tränen ganz durchnässt, und Mireille bat die Chefin um einen Fön.

»Der Wind wird dein Kostüm schon trocknen!«, erwiderte die böse Frau. »Der frische Aprilwind ist ein guter Freund von mir!«

Mit diesen Worten stieß sie das arme Mädchen hinaus auf die Straße und verriegelte die Tür.

Mireille presste ihre halbrunde Handtasche an ihre Brust und hastete zur U-Bahn. Als sie ihr Anderthalb-Zimmer-Appartement erreicht hatte, hustete sie bereits und am nächsten Tag hatte sie hohes Fieber. Das Atmen fiel ihr schwer. Wie jeden Morgen wollte sie ein frohes Liedchen singen, aber es ging nicht! Matt sank sie in die Kissen. Sie musste immerzu an das kleine m denken, das die Frau des Konditors mit Bindfaden gefesselt und auf ihren Po geklebt hatte, damit es böse Geister vertriebe oder wenigstens ihre Hämorrhoiden.

Es dauerte eine ganze Woche, bis Mireille das Bett verlassen und wieder essen konnte. Sie war mager geworden. Ihre bis vor Kurzem noch blühenden Wangen waren eingefallen und blass. Immer noch musste sie unentwegt an den Buchstaben denken, sah ihn vor sich. Den ganzen Tag über flehte er sie an. »Mireille, hol mich hier raus! Bin ich auf die Welt gekommen, um am Arsch deiner Chefin zu verrotten? Mireille, nimm mich mit zu dir nach Haus, dann hast du nie mehr Langeweile! Meine vier Beinchen werden dich kitzeln und kraulen, wir werden viel Spaß zusammen haben, wir beide!«

Aber auch durch ihre Träume trippelte das kleine m. Es klapperte mit seinen kleinen Hufen und rannte durch die Nacht. »Mir nach, Mireille!«, rief es. »Komm mit auf den Rummel der Liebe! Dort fahrn wir beide Achterbahn und schießen schwarze Rosen!«

»Wie romantisch!«, dachte Mireille. »Ich muss diesen tollen Buchstaben wieder holen, er ist ein Teil von mir!«

Sie zog sich warm an und machte sich auf den Weg in die Konditorei. »Wo ist die Chefin?«, fragte sie die neue Bedienung. »Ach!«, sprach die neue Bedienung traurig. »Der Chefin geht es gar nicht gut! Sie liegt seit Tagen mit einer furchtbaren Migräne im Bett. Sie hat sich schon im Krankenhaus untersuchen lassen. Es sieht nicht gut aus!«

»Was heißt das?«, fragte Mireille. »Ist die Ursache der Migräne bekannt?« Die neue Bedienung nickte.

»Die Chefin hat Hämorrhoiden im Kopf!«, sagte sie lauter als nötig. Einigen Gästen fiel der Kuchen von der Gabel, bei anderen floss der Schonkaffee zurück ins Tässchen, und sie sahn sich kräftig an. »Bring mich bitte zu ihr!«, bat Mireille.

»Sie liegt im Garten auf der Sonnenbank«, sagte die neue Bedienung. Mireille ging durch den langen schmalen Flur nach hinten in den Garten hinaus und fand die Frau des Konditors. Sie wälzte sich gepeinigt hin und her und beschimpfte alle Bekannten und Verwandten aufs Gemeinste. Auf ihrer Stirn klebte das kleine m mit den vier Beinchen. Es bewegte sich nicht.

»Was haben sie mit dir gemacht?«, schrie Mireille und wollte den Buchstaben befrein. Ihre ehemalige Chefin aber stach ihr mit einer abgebrochenen Gladiole in beide Augen, versteckte sich im Gartenhäuschen. Es dauerte ein paar Minuten, bis Mireille den Schmerz im Griff hatte. Die Augen öffnen konnte sie noch nicht. Sie stand da und lauschte aufmerksam.

Die Frau des Konditors beobachtete ihre Widersacherin durch ein Fensterchen und rief in immer kürzeren Abständen: »Hier bin ich! Hier bin ich!«

So lockte sie die arglose Mireille zu sich und schlug dem Mädchen einige Male mit der Faust auf den Kopf.

Mireille öffnete die Augen und konnte wieder sehn! Sie packte das heimtückische Weib bei den Hüften und hebelte es aus. Die beiden Frauen krachten stöhnend auf den naturbelassenen Holzfußboden und blieben benommen liegen. Mireille reagierte für den Bruchteil einer Sekunde schneller als ihre Gegnerin: Sie riss ihr das m von der Stirn und rannte durch den langen schmalen Flur zurück in die Konditorei und weiter auf die Straße. Hinter sich hörte sie ihre Ex-Chefin um Hilfe schrein. Es gelang Mireille, sich unauffällig auf einen Ausflugsdampfer zu flüchten, wo sie, kaum hatte er losgemacht, auf dem Oberdeck Platz nahm und die Frühlingssonne genoss. Als sie sich gänzlich in Sicherheit wähnte, holte sie den Buchstaben aus ihrer Jackentasche und befreite ihn von seinen Fesseln.

Das m war außer sich vor Freude. Es räkelte sich. Es streckte sich und hüpfte in der Hand der Retterin.

Mireille setzte es auf einen ihrer kräftig behaarten Unterarme, und das kleine m mit den vier Beinchen durchkämmte sie nach Herzenslust, tobte sich richtig aus!

»Sie sind wohl gar nicht kitzlig, was?«, fragte ein dunkelhaariger Mann, der hinter Mireille saß. Das blonde Mädchen fuhr herum und blickte in die Augen von Dr. Edgar, dem Geliebten der Konditorsgattin!

Mireille erschrak! Sie zitterte.

»Nein, nein«, sagte sie eklig burschikos. »Kitzlig kenn ich nicht!«

»Es muss ein Zufall sein!«, dachte sie schnell. Wie hätte die Konditorsfrau ihren Geliebten so rasch informieren und auf ihre Fährte setzen können? Unmöglich!

»Es muss ein Zufall sein!«, dachte sie sicherheitshalber noch einmal und lächelte Dr. Edgar über die Schulter an, um aus seinem Gesicht die Wahrheit zu erfahren.

»Mireille!«, sagte Dr. Edgar. »Was ist denn mit Ihnen los? Sie sind doch sonst nicht so eklig burschikos!«

»Ich war krank!«, antwortete Mireille. »Ich war sehr krank!«

»In der Tat!«, sprach Dr. Edgar. »Sie sehen mitgenommen aus! Lassen Sie mich Ihren Puls fühlen!«

Mireille streckte ihm ihren Puls entgegen.

Zu spät bemerkte sie, dass es der Arm war, auf dem das m noch immer tobte. Da hatte Dr. Edgar es bereits gepackt und hinuntergeschluckt. Oder hatte er es durch den Bauchnabel eingesogen? Oder hatte er das kleine m in seinen großen Hodensack gestopft? Es war so schnell gegangen, Mireille war wie gelähmt.

Sie konnte gar nichts machen. Sie saß nur da und sah in Dr. Edgars freundliches Gesicht.

»Warum starren Sie mich so entgeistert an? Ihr Puls ist völlig normal.« Er ließ den Arm des Mädchens los.

Mireille sah hoch zum Himmel. Weiße Wolken zogen sie fort. In einem Bierzelt am Ende der Welt fand sich die junge Frau wieder, umringt von Verehrern unterschiedlichster Natur. Sie entschied sich für den mit dem dicksten Kopf und ging mit ihm am nächstbesten Fluss spazieren. Der Verehrer hieß Bill. Er bot sich an, Mireille über den Fluss zu tragen.

»Mir gefällt dieses Ufer viel besser als das andere«, wehrte sie das Ansinnen ihres Verehrers ab.

»Aber wenn du unbedingt ins Wasser willst, spring ruhig!«, fügte sie hinzu. »Ich setze mich derweil auf diesen Baumstumpf dort und erfreue mich an den bunten Blümchen, die hier überall ihre zierlichen Köpfchen in die milden Lüfte recken!«

Sie setzte sich auf den schönen Baumstumpf und erwartete Bills Kopfsprung in das fremde Gewässer mit einiger Besorgnis.

Bill nahm einen unglaublich langen Anlauf und brach ihn auf halber Strecke ab. »Allein baden macht keinen Spaß«, sagte er betrübt.

»Na gut!«, rief Mireille. »Dann will ich dir Gesellschaft leisten!«

Sie wollte aufstehn, wurde jedoch von dem Baumstumpf wie von einem übermächtigen Magneten festgehalten.

»Ich krieg den Arsch nicht hoch!«, rief sie. »Bill, hilf mir, bitte!«

Der verunsicherte Mann gab sein Bestes. Er zog und zerrte sie nach allen Seiten, trat ihr zuletzt sogar entnervt ins Kreuz. Laut schrie Mireille, doch auch der Schmerz konnte sie nicht vom Baumstumpf lösen.

»Was ist das?«, fragte Mireille ihren Begleiter. »Was für geheimnisvolle Kräfte entwickelt die Natur hier am Ende der Welt?« Bill zuckte die Achseln. Er ging fort, um für das unglückliche Mädchen ein paar Eisbeeren zu sammeln, die in einer Tiefkühlhöhle hinter dem Wasserfall nur wenige Minuten entfernt wuchsen. »Diese Eisbeeren werden dich erfrischen und dir zu einem klaren Kopf mit eiskalten Gedanken verhelfen.«

»Lass mich nicht allein!«, bat Mireille ihren Verehrer. »Lass mich bitte nicht allein!«

Bill legte seinen dicken Kopf auf ihre Schulter und sagte: »Schau, ich brauche jetzt ein bisschen Erholung! Diese Tiefkühltruhe in der Höhle wird meine strapazierten Nerven entspannen. Vielleicht kann ich dir dann helfen!«

Schluchzend ließ Mireille den dickköpfigen Mann ziehen, mutlos lockerte sie ihre Glieder und versuchte, im Sitzen zu schlafen. Unmöglich! Sie hörte ein leises Summen, das stetig lauter wurde. Es kreiste um ihren Kopf, immer schneller, immer lauter. Mireille wurde schwindlig. Sie glaubte, es mit einem Hornissenschwarm zu tun zu haben und fragte ruhig, da sie die Tiere nicht noch aggressiver machen wollte: »Was habt ihr vor, ihr widerlichen Fleischfresser?«

Das Summen wurde leiser, so als hätten Mireilles Worte die Aufmerksamkeit der Insekten noch gesteigert.

Das Summen wurde unerträglich leise, und Mireille wurde gelb vor Augen. »Geben Sie sich zu erkennen, Dr. Edgar!«, rief das Mädchen eindringlich. »Reicht es Ihnen nicht, mich aus meiner Heimat vertrieben zu haben, wollen Sie mich hier am Ende der Welt auch noch in den Wahnsinn treiben?«

»Ich bin nicht Dr. Edgar«, antwortete das surrende Gelb.

»Ich bin Karli, der rasende Orangensaft! Ich finde Sie bezaubernd schön und möchte Sie heiraten oder wenigstens küssen!«

Erleichtert ließ Mireille ihren angespannten Oberkörper nach hinten fallen und streckte ihre Beine weit von sich.

»Heiraten wollen Sie mich?«, lachte das Mädchen leicht hysterisch. »Glauben Sie, das könnte gutgehn?«

»Ich liebe Sie und möchte viele Kinder!«, flüsterte Karli in ihr Ohr. Mireille lachte erneut, und es klang schon beleidigend. Das spürte sie und sprach: »Entschuldigen Sie bitte meine Gereiztheit. Aber ich bin seit mehreren Stunden an diesen Baumstumpf gefesselt und anstelle eines Rettungshubschraubers erscheinen Sie, eine Flüssigkeit mit festen Absichten. Entschuldigen Sie bitte, aber das übersteigt meinen Sinn für Humor!«

Bill kam um die Ecke. Er hatte ein Tiefkühlnetz voller Eisbeeren mitgebracht und strahlte über alle Backen. Das änderte sich jedoch schlagartig, als er Karlis Summen vernahm.

»Was will dieser dämliche Saft von dir?«, knurrte er unwirsch. »Hat er dich nass gemacht?«

»Ihr kennt euch?«, fragte Mireille und nahm eine Beere in den Mund.

»Es fängt zu regnen an!«, sagte Dr. Edgar. »Lassen Sie uns unter Deck etwas trinken gehn!«

»Ich kann nicht«, flüsterte Mireille. »Dieser Baumstumpf hält mich fest!«

»Baumstumpf?!?«, wunderte sich Dr. Edgar.

»Es gibt auf dem ganzen Schiff keinen einzigen Baumstumpf!«

»Machen Sie bitte Ihre Augen auf«, flüsterte Mireille. »Machen Sie bitte Ihre verdammten Augen auf und werfen Sie einen Blick auf meinen Hintern.«

»Oh, Gott!«, rief Dr. Edgar. »Sie haben recht! Nun sehe ich, was los ist: Die Baumstumpfviren haben dieses Schiff geentert!« Er wollte sich erheben, kam aber nicht mehr hoch. Auch er war schon befallen. Es gab auf dem gesamten Oberdeck niemand, der sich noch frei bewegen konnte!

»Karli!«, flüsterte Mireille. »Hörst du mich?«

»Ja!«, rief der Orangensaft. »Wo bist du?«

»Ich befinde mich auf einem Ausflugsdampfer«, antwortete Mireille. »Das Wetter ist schlecht, aber die Stimmung ist gut.«

»Warum lügst du, Mireille?«, fragte Karli. »Ich weiß, dass ihr alle vom Baumstumpfvirus befallen seid! Ihr kriegt eure Ärsche nicht mehr hoch und hängt diffusen Träumen nach.«

»Unsinn«, entgegnete Mireille. »Ich träume klar und deutlich!«

»Mit wem sprechen Sie?«, fragte Dr. Edgar.

Auch die anderen Passagiere waren in ihrer misslichen Lage auf Mireille aufmerksam geworden. Sie sahn das Mädchen an.

»Bill!«, rief Mireille. »Kannst du mich hören?«

»Ja«, sagte Bill. »Ich höre dich sehr gut! Deine Stimme klingt wie Musik. Sprich weiter, dann kann ich dazu tanzen!«

»Gib mir noch eine von deinen Eisbeeren«, bat Mireille.

»Sie sind geschmolzen!«, rief Bill. »Sie sind im Erdreich versickert, und im kommenden Winter werden an dieser Stelle wunderschöne Eisblumen sprießen!«

»Unfug!«, rief Mireille. »Es wundert mich nicht im Geringsten, dass du am Ende der Welt lebst, bei deiner Intelligenz!«

»Lenk nicht von deinen Lügen ab!«, mischte sich Karli ein. »Es hilft dir nicht weiter, andere als Dummköpfe abzutun! Gib zu, dass auf eurem Schiff niemand mehr den Arsch hochkriegt! Dann werde ich dir verraten, wie ihr aus dem Schlamassel rauskommt!«

»Ok«, sagte Mireille. »Ich geb's zu. Und nun schieß los!«

»Also«, begann Karli. »Baumstumpfviren können sich nur dort materialisieren, wo ihr sogenanntes Mütterchen Gefühle von Einsamkeit und fehlender Zuneigung kompensiert. Dieses Mütterchen kann im Grunde alles Mögliche sein: Ein Ding, ein Mensch, ein Tier. Auch Pflanzen kommen in Betracht! Hast du eine Idee, wer oder was in eurem Fall das Mütterchen sein könnte? Denk bitte einmal sehr gut nach! Dieses Mütterchen musst du so schnell wie möglich zerstören! Denn haben sich die Viren erst einmal abgenabelt, versorgen sie sich über ihren Wirt, der dann verloren ist! Hast du eine Idee?«

»Das m«, sagte Mireille, »das m mit den vier Beinchen! Es ist das Mütterchen, es muss es sein!«

»Nimm dieses m«, rief Karli, »und reiß ihm jedes Beinchen einzeln aus! Schmeiß es ins Wasser oder zertrete es gründlich, aber mach schnell! Die Zeit rennt!«

»Dr. Edgar!«, schrie Mireille. »Rücken Sie das m heraus, sonst sind wir verloren. Wir müssen den Buchstaben vernichten, dann sind wir frei!«

Dr. Edgar überlegte kurz. Dann holte er den Buchstaben hervor und übergab ihn der ungeduldigen Mireille.

Hastig riss sie dem m die Beinchen aus und warf es über Bord. Augenblicklich wurde die Anziehungskraft der Baumstümpfe deutlich schwächer, die Menschen lösten sich von ihnen, standen bald auf und hüpften vor Freude, umarmten sich und küssten einander. Auch Mireille und Dr. Edgar herzten sich anstandslos, und beide durchflutete eine Woge nie geahnter Zuneigung, die als endlos langer Zungenkuss auf dem Strand der Leidenschaft verging, als brennendes Verlangen durch die Poren beider drang, bis die Organe Feuer fingen. Schon sah man sie ins Wasser springen und ans Ufer schwimmen.

Alle sahen ihnen nach und winkten dankbar, dann verlor das Paar sich schnell im dichten Grün des Dänischen Gartens.

NO 18

Ein Klobürst sprach
zur Bürstin:
Nimm du die Wurst,
ich nehm die Würstin!

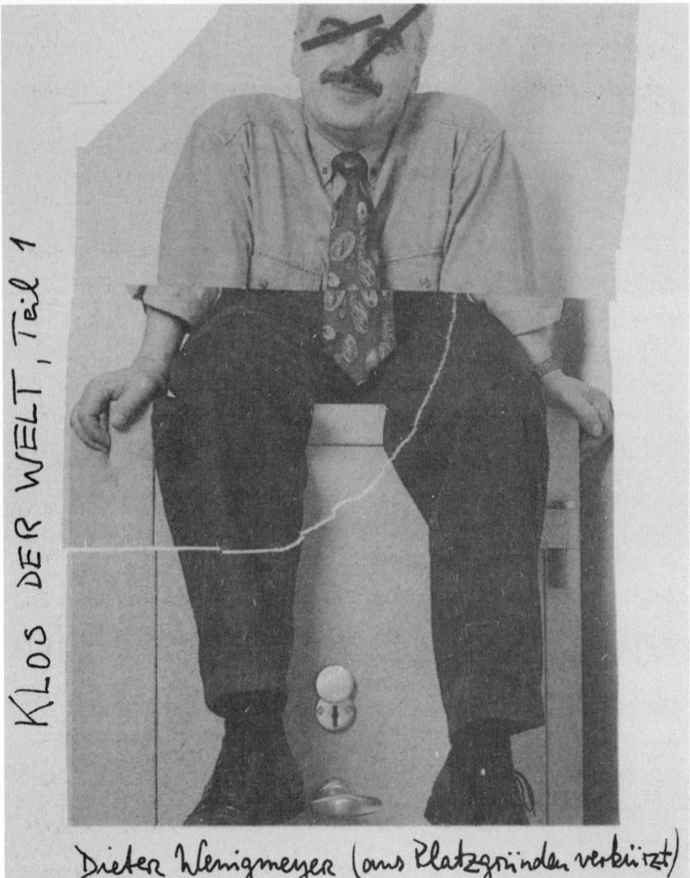
KLOS DER WELT, Teil 1
Dieter Wenigmeyer (aus Platzgründen verkürzt)

Linke Seite: ←

Hier sehen wir Dieter Wenigmeyer auf seiner neuesten Erfindung thronen. Was auf den ersten Blick aussieht, wie ein stinknormaler Tresor, ist in Wirklichkeit der erste Kack-Absorber der Welt!

Der ehemalige Walldorf-Pädagoge sagt: Kein Hosenunterlassen mehr, kein Abwischen. Mein Kack-Absorber wandelt ihre Scheiße schon im Darm zu feinstofflichen Dauerhäufchen um und saugt sie durch ihre Textilien in sein Endlager. Nun riecht ihr Klo wie eine Deutsche Bank Filiale, fehlt nur noch der rege Andrang!

VERGISS KALINKA!

Die Riesin Gerda Klein war so groß, dass niemand, nicht einmal sie selbst, sagen konnte, wo sie aufhörte und wo die Außenwelt begann. Eines Morgens, als sie vor ihrem Riesenzelt auf ihrem Riesencampingstühlchen saß und die Frühlingssonne genoss, kitzelte etwas ihren Fuß. Sie blickte an sich hinunter und entdeckte zwischen ihren Zehen den Tagesdecken-Verkäufer Gimmi Länderspiel, der sie jedes Jahr einmal besuchte.

Obwohl Gerda ihm noch nie eine Decke abgekauft hatte und auch mit Gimmis Hobby, er war Spezialist für Dehnungsfugen, aber auch gar nichts anfangen konnte, war zwischen den beiden ungleichen Wesen eine stabile Freundschaft entstanden, die nichts zu wünschen übrig ließ.

Gerda setzte Gimmi auf ihren Riesenbusen, da sah sie schon, dass mit ihrem Freund etwas nicht stimmte! Sein Teint war blass und stumpf sein Blick. »Was ist los, Gimmi?«, fragte Gerda besorgt.

»Ach, Gerda!«, sagte Gimmi schwach. »Frag mich was Leichteres!«

»Machen deine Beine nicht mehr mit?«, fragte die Riesin. »Oder sind es die beruflichen Misserfolge?«

»Ich habe keine Misserfolge!«, entgegnete Gimmi. »Im Gegenteil! Ich habe im letzten Jahr so viele Decken wie noch nie verkauft! Es ist nur so: Ich gönne diese Tagesdecken meinen Kunden nicht.«

Gerda lachte dröhnend. »Du gönnst deinen Kunden diese Tagesdecken nicht? Aber Gimmi! Glaubst du denn wirklich, deine Scheißdecken könnten die Lebensqualität deiner Kunden irgendwie verbessern?«

»Sie glauben es«, antwortete Gimmi. »Sie glauben fest daran.« Er spuckte aus.

»He!«, rief Gerda. »Pass auf, wo du hinspuckst!« Verärgert wischte sie sich mit der flachen Hand Gimmis Spucke von der Brust. »Warum ekelst du dich vor dem Glauben deiner Kunden? Warum gönnst du ihnen deine Tagesdecken nicht? Bist du seelisch krank?«

»Ich weiß es nicht«, brüllte Gimmi Länderspiel. »Ich weiß es wirklich nicht. Das ganze Elend fing damit an, dass ich Kalinka kennenlernte. Das war vor einem Jahr. Sie lebte in einer schicken Altbauwohnung im Herzen von Berlin. Sie kaufte nicht nur eine Tagesdecke, sondern bot mir obendrein ihre Brieffreundschaft an. Ich gab zu, ein miserabler Briefeschreiber zu sein, selbst aber gerne Post zu bekommen, zumal von so einer reizenden Person. Schon am folgenden Tag lag Kalinkas erster Brief in meinem Kasten, und er war so schön, dass ich ihn immer wieder las, bis ich bemerkte, dass die Worte schon fast verschwunden waren! Da ich vermutete, der Brief sei mit Zaubertinte geschrieben worden, die sich im Laufe der Zeit gänzlich verflüchtigen würde, rannte ich in den nächsten Copy-Shop.

Das Kopierpapier blieb leer! Ich besah das Original: Die Schrift war fort! Ich lief nach Hause und schrieb Kalinka einen langen Brief mit der Bitte, den Schabernack zu lassen. Bei der Schönheit ihrer Briefe wäre es ein großer Jammer, sie vergehn zu sehn.

Ihr zweiter Brief war noch schöner als der erste, löste sich aber auch noch schneller auf und war bereits nach dem neunten Durchlesen nur noch ein weißes

Blatt Papier. Ihren vierten Brief konnte ich nur noch bis zur Hälfte lesen, da warn die Worte schon wie weggeweht. Klingt reichlich mysteriös, was?«

Gerda schüttelte ihren Riesenkopf. »Ist überhaupt nicht mysteriös! Bei dieser Kalinka handelt es sich sehr wahrscheinlich um ein leichtlebiges Mädchen. Die Worte leichtlebiger Menschen verfliegen wie die Blütenträume, das war schon immer so. Aber mir scheint, diese Kalinka hat dich mit ihren Briefen verrückt gemacht! Du bist süchtig nach ihren Worten geworden, stimmt's?«

Gimmi Länderspiel nickte. »Ihre Briefe kommen immer noch an. Aber sie enthalten nur noch leere, weiße Bögen. Ich wollte sie besuchen. Aber sie ist unbekannt verzogen.«

»Vergiss sie!«, sagte Gerda. »Denn die Erinnerung an sie gefährdet deine berufliche Existenz! Bald werden die Leute deine tiefe Abneigung ihnen gegenüber spüren und dir nichts mehr abkaufen!«

»Du denkst also, meine Liebe zu Kalinka hat die kritische Distanz zu meinen Kunden verursacht?«, fragte Gimmi.

»Aber natürlich!«, rief Gerda. »Im Vergleich zu dieser Kalinka, deren leichtes Leben deine Sinne verwirrt hat, erscheinen dir deine Kunden mit all ihren Sorgen und Nöten, mit ihrer öden Erdenschwere wie Monster, die dein Glück bedrohn! Kein Wunder, dass du ihnen keine Tagesdecke gönnst!«

»Ich kann Kalinka nicht vergessen«, schluchzte Gimmi. »Und ich will sie auch nicht vergessen!«

»Dann müssen wir sie eben suchen!«, sagte Gerda. »Lass mich noch ein Weilchen das Sonnenlicht genießen, dann will ich dir helfen!«

Gimmi nickte und wischte sich die Tränen fort.

»So!«, rief Gerda. »Genug entspannt. Gleich um die Ecke findet eine Kickbox-Gala statt. Wir gehen hin und sehn uns um. Vielleicht ist deine Kalinka unter den Zuschauern.«

Gerda machte einen großen Schritt, da standen sie auch schon vor oder besser: über der Sporthalle und Gimmi rief: »Da unten vor dem Kassenhäuschen! Das ist sie!«

Gerda setzte Gimmi auf die Erde, und er ging zu Kalinka.

»Hi, Gimmi!«, rief Kalinka, noch bevor er etwas sagen konnte. »Das ist aber eine Überraschung! Ich wusste gar nicht, dass du dich für Kickboxen interessierst!«

»Kalinka!«, sagte Gimmi mit schwerer Zunge. »Ich muss dich sprechen.«

»Warum?«, fragte die junge Frau. »Gefallen dir meine Briefe nicht mehr?«

Gimmi schüttelte den Kopf und kaufte sich auch eine Eintrittskarte für die gut besuchte Veranstaltung.

Als sie zwei Stunden später die Halle verließen, waren sie begeistert von den Leistungen der Sportler. Vor allem die Vollkontakt-Karatekämpfer hatten sie fasziniert! Sie kamen aus dem Nachahmen der spektakulärsten Szenen gar nicht mehr heraus. Selbst in der U-Bahn wirbelten sie ausgelassen über die Sitze. Schließlich stieg Kalinka aus und gab Gimmi ihre neue Adresse.

»Aber wir haben noch gar nicht miteinander gesprochen!«, klagte Gimmi. »Es gibt da ein großes Problem!«

Er verließ den U-Bahn-Wagen und stellte sich zu Kalinka auf den Bahnsteig. »Können wir nicht bei dir zu Hause alles in Ruhe besprechen?«

Kalinka sah ihn fragend an. »Was heißt ALLES?«

»Ich will dich heiraten!«, platzte Gimmi mit seinen Absichten heraus. »Du musst dich sofort entscheiden!«

»Ich kann mich gar nicht entscheiden«, sagte Kalinka, »denn ich bin Neurodermitikerin. Jedes Kind weiß, das Leute, die unter Neurodermitis leiden, sich gar nicht entscheiden können!«

Fassungslos blickte Gimmi in die braunen Augen seiner Begleiterin. »Aber jeder Mensch muss sich Tag für Tag x-mal entscheiden, das ganze Leben besteht aus Entscheidungen! Wie kann man leben, ohne Entscheidungen zu treffen?«

Kalinka schwieg und starrte auf den Boden. Sie ging in Richtung Ausgang. Gimmi folgte ihr. »Jetzt hast du dich für diese Richtung entschieden!«, rief er. »Also kannst du dich entscheiden!«

»Aber ich leide unter Entscheidungen«, flüsterte Kalinka.

»Jede Entscheidung bedeutet einen Ausschlag am Körper und Jucken und Kratzen ...«

»Wo denn?«, fragte Gimmi. »Ich sehe keine roten Flecken. Nicht an den Händen, nicht am Hals! Keine einzige entzündliche Stelle! Dein Gesicht ist makellos!«

»Auch mein Bauch ist makellos«, flüsterte Kalinka. »Mein Rücken auch, Arme und Beine ebenfalls.« Sie hielt ein.

»Ist es der Intimbereich?«, fragte Gimmi.

»Ja, es ist der Intimbereich«, flüsterte Kalinka. »Es ist dieser verdammte Intimbereich!«

Sie hatten ein fünfstöckiges, heruntergekommenes Haus erreicht. »Hier wohne ich«, sagte die junge Frau.

»Ich würde mir deinen Intimbereich gerne einmal ansehn!«, sagte Gimmi.

»Wieso?«, fragte Kalinka. »Bist du Arzt?«

Gimmi schüttelte den Kopf.

»Komm mit!«, rief Kalinka. »Ich wohne im Gartenhaus!«

Sie öffnete die Tür und führte den aufgeregten Gimmi in den ersten Hinterhof. Im zweiten Hinterhof legte sie ihren Arm um ihn und im dritten brachte sie den Tagesdecken-Verkäufer durch einen Würgegriff in ihre Gewalt. Sie drückte seinen Hals so lange zu, bis er das Bewusstsein verlor. Auf ihren Pfiff hin erschien ein etwa gleichaltriger junger Mann mit einer Kühltasche.

Gerade wollte er sich an Gimmis Augen zu schaffen machen, da hob ihn Gerda in die Luft und setzte ihn auf einem Schornstein ab. Dann packte sie Kalinka, die sich, starr vor Schreck, nicht zur Flucht entscheiden konnte. Wie Jahrzehnte vor ihr King-Kong betrachtete Gerda die blonde Frau in luftiger Höhe. Dann setzte sie die Netzhauträuberin zu ihrem Komplizen auf den Schornstein und entfernte sich mit dem erwachenden Gimmi, ohne sich noch einmal umzusehn.

»Kalinka!«, rief Gimmi Länderspiel. »Wo bist du?«

»Vergiss Kalinka!«, brummte Gerda und klärte ihren Freund über den wahren Charakter seiner Angebeteten auf.

Entgeistert rieb sich Gimmi den lädierten Kehlkopf. Er ruhte sich noch einige Zeit auf Gerdas Riesenschulter aus, dann ging er tief enttäuscht nach Hause. In der

Folgezeit stürzte er sich mit ganzer Kraft in seine Arbeit, und er setzte mehr Tagesdecken ab als jemals zuvor. Ein Jahr später, als ihn Gerda wiedersah, hatte sich sein Verhältnis zu den Kunden längst normalisiert. »Weißt du, Gerda«, sagte er bei einem Ausflug in den Harz, »als Kunden sind die Menschen mir am nächsten. Das spüren sie und kaufen!«

»Du gibst ihnen das Gefühl, mit dir unter einer Decke zu stecken«, sagte Gerda. »Kann man das so sagen?«

Dann lachten beide, den Brocken im Visier.

DIE VERLOBTEN

Franz Airbags hatte einen spannenden Kriminalroman gelesen und seine Verlobte angerufen: »Maus, das musst du lesen! Da stehn dir die Haare zu Berge!«

»Bring ihn sofort vorbei!«, hatte die Maus befohlen. »Denn mir ist etwas Schreckliches passiert und mir scheint, dieses Buch könnte mir wirklich helfen!«

Dann erzählte sie Franz die unglaubliche Geschichte: »Gegen 5 Uhr bin ich wie üblich aufgestanden und ins Bad gegangen. Ich wollte mich duschen. Es kam kein Wasser. Da habe ich gleich die Feuerwehr angerufen: ›Hallo, hallo! Hier ist ein heißes Girl! Können Sie mal kurz vorbeikommen und mich abspritzen?‹ – ›Unmöglich‹, sagte die Feuerwehr. ›Wir müssen einen schweren Störfall in einem Chemiewerk beaufsichtigen. Aber wir schicken Ihnen das Technische Hilfswerk vorbei.‹

Zehn Minuten später standen sie vor meiner Tür, acht Mann und jeder mit zwei leeren Eimern. ›Seid ihr bescheuert?‹, fragte ich ganz direkt. ›Soll ich mich mit Luft duschen?‹

›Warum denn nicht?‹, entgegnete der Gruppenführer. ›Ich dusche oft mit Luft. Das schont die Haut, lässt ihr die Feuchtigkeit! Wasser zerstört doch allzu oft den Schweißschutzschild des Körpers. Dann dringen Stresspartikel durch die ohnmächtigen Poren und machen uns das Leben schwer. Mit Luft passiert das nicht!‹

›Aber sauber wird man auch nicht‹, warf ich ein.

›Wollen Sie damit andeuten, ich sei ein dreckiges Schwein?‹, fragte der Gruppenführer.

›Schwein hab ich nicht gesagt‹, erwiderte ich.

Und Franz, du glaubst es nicht: Er zog sich aus und drehte sich vor mir wie ein Schmetterling im Strudel!«

»Na, na!«, unterbrach Franz Airbags seine Verlobte. Er war furchtbar eifersüchtig, und der Vergleich des Gruppenführers mit einem Schmetterling machte ihn aggressiv.

»Er drehte sich«, fuhr Mausi fort, »da fiel aus seinem Po eine winzige Videokamera. Das war ihm gar nicht peinlich. Er hob sie auf, und richtete sie scherzhaft auf mich. Du kennst mich, Franz, das kann ich gar nicht leiden, wenn mich jemand ungewaschen filmen will! Ich schlug ihm die Kamera aus der Hand. Sie flog gegen die Wand und zersprang in tausend Stücke. Die Hälfte davon formierte sich auf dem Boden zu meinen Initialen, die andere Hälfte zu deinen.«

»Zu meinen Initialen?!«, rief Franz Airbags. »Woher weiß denn das Technische Hilfswerk von unserer Liebe?«

»Frag mich was Leichteres«, sagte Mausi. »Auf jeden Fall war ich derart ergriffen, dass ich die Männer in die Wohnung bat und ihnen Fruchtgummis und Knoppers offerierte. Beherzt griffen sie zu. Dann zog ich mich aus, und alle gossen ihre Eimer Luft über mich aus. Es war fantastisch! Ich fühlte mich wirklich rein und schenkte meinen Rettern als kleines Dankeschön Sangritta Habanero ein, du kennst ihn ja, den Superscharfen! Sie kriegten alle rote Köpfe und rannten auf den Balkon. In diesem Moment klopfte es an der offenen Tür! Es war der Kammerjäger, den ich wegen der CD-Motten alarmiert hatte. Er bemerkte den Tumult auf meinem Balkon und fragte mich, ob er die da gleich miterledigen solle. ›Nein danke‹, sagte ich. ›Die sind ganz harmlos.‹

›Sind Sie sich da ganz sicher?‹, fragte der Kammerjäger. ›Sie wissen wahrscheinlich nicht, dass in letzter Zeit viele Menschen vom Grüppchenwahn befallen werden! Er äußert sich durch nettes, hilfsbereites Auftreten einzelner, begleitet vom zustimmenden, freudigen Verhalten der restlichen Grüppchenmitglieder. Hin und wieder kommt es zu scheinbar unerklärlichen Vorfällen und dem Ganzen zugrunde liegt in allen Fällen kompletter Schwachsinn!‹

Ich dachte an die Luftdusche und an die Initialen! Franz! Du weißt, wie schwer es mir fällt, an zwei Sachen gleichzeitig zu denken! Ich war verunsichert.

›Hören Sie‹, sagte ich zu dem Kammerjäger, ›dieser Grüppchenwahn ist nicht mein Bier!‹ Ich führte ihn ins Musikzimmer, wo er meine CDs für die Motten ungenießbar machte. Jetzt darf ich sie zwei Tage nicht hören, ist das nicht schrecklich, Franz?!«

»Schrecklich«, sagte Franz. »Am besten, du kommst zu mir, sonst kriegst du noch Entzugserscheinungen.«

»Wie?«, fragte Mausi. »Denkst du, ich bin musiksüchtig?«

»Liebling«, sagte Franz Airbag. »Wenn jemand arbeitslos ist und jeden Morgen Punkt 5 aufsteht, sich duscht und hübsch macht, um ab 6 Dr. Alban, Phil Collins und all den anderen Stars zu lauschen und das bis in die Nacht hinein – wie soll ich das denn, bitte, nennen?«

»Nenn es, wie du willst«, sagte Mausi und fuhr fort. »Also, der Kammerjäger ist fertig und will gehn, da kommen die Jungs vom Technischen Hilfswerk vom Balkon und halten ihn fest. ›Lasst mich los!‹, ruft der Kammerjäger, ›sonst dreh ich durch.‹

Die Jungs lassen ihn los, sie starren auf seinen Koffer.

›Da sind geklaute CDs drin‹, sagt der Gruppenführer. Die andern nicken. Ich schnapp mir den Koffer, schließ ihn auf und echt: Der Kammerjäger hatte fünf CDs gestohlen, alle von der HEIMTIER-Band und alle für seine Enkel. Ich muss lachen: ›Seit wann hören so junge Leute die HEIMTIER-Band?‹

Der Kammerjäger gibt zu, dass er die Raritäten für sich haben wollte. Die Männer vom Technischen Hilfswerk fesseln ihn. Sie quetschen ihn aus. Er gesteht, seine Frau achtmal mit anderen Männern betrogen, vier Hunde vergiftet und die *hör zu* schon über hundertmal abbestellt zu haben. Ein Abgrund tut sich auf. So viel Elend. Franz, hörst du noch zu?«

»Natürlich«, sagte Franz Airbags, »so viel Elend, natürlich hör ich zu. Was habt ihr mit ihm gemacht?«

»Wir haben ihn ausgelacht!«, rief Mausi.

»Ihr hättet ihn erpressen sollen«, sagte ihr Verlobter. »Ihr hättet ihn brutal erpressen sollen. Diese Kammerjäger kommen ganz schön rum. Er hätte unsere Infos überall auslegen und verteilen können.«

»Nein«, antwortete Mausi. »Glaubst du, es ist psychologisch geschickt, unsere Infos über einen Kammerjäger unter die Leute zu bringen?«

Franz Airbags dachte nach. »Du hast recht«, sagte er dann. »Es ist wirklich verrückt, wie schlecht das Kammerjäger-Image ist. Sie werden ja geradezu mit dem Ungeziefer identifiziert, von dem sie uns befrein!«

»Siehst du!«, rief Mausi. »Wir müssen eine andere Lösung finden. Bring mir das Buch und lass uns zusammen überlegen.«

»Sind die Jungs vom Technischen Hilfswerk denn noch da?«, fragte Franz Airbags.

»Nein«, flüsterte Mausi. »Ich bin ganz allein.«

AMIGOS DER LÜFTE

Ein Holzstuhl hatte sich im Wald verlaufen. Es wollte Nacht werden, und der Holzstuhl hatte Angst. »Helft mir!«, rief er den Bäumen zu. »Helft mir Brüder und Schwestern!«

Aber die Bäume rührten kein Blatt und keine Nadel für den Stuhl, denn sie verstanden seine Sprache nicht. Der Holzstuhl musste also die Nacht im Wald verbringen und litt Höllenqualen. Die Kühle und die Feuchtigkeit taten das ihrige, doch was ihn fast zusammenbrechen ließ, war seine Dummheit. »Wenn jetzt ein Elefant oder ein Nashorn käme«, sagte er sich immer wieder, »und sie setzen sich auf mich, das überleb ich nicht!«

Als die Sonne endlich aufging, war der Stuhl mit seinen Nerven am Ende. Er sprang eine junge Birke an, umschlang sie mit allen Beinen und ließ sie nie mehr los.

Die Birke hatte ein gutes Herz und reagierte gelassen. Wenn die anderen Bäume sie aufforderten, den Förster zu alarmieren, dann sagte sie nur: »Er würde meinen Freund in Stücke haun.« So verbrachte das ungleiche Paar viele Jahre gemeinsam, und die Birke wurde zu einem begehrten Zwischenstopp für Vögel aller Art, da die Rückenlehne des Stuhls eine prima Plattform abgab.

Einer der Gäste, die hier landeten, war die Brieftaube Ludwig, genannt Luggi, das Maskottchen der Hürdenspezialistin Katrin Witzleben, der sie eine wichtige Botschaft ihres Geliebten Pelle Darmstetter non stop überbringen sollte. Luggi gefiel es aber auf der Raststätte so gut, dass er beschloss, ein Nickerchen zu machen, und er war nicht die erste Taube, der ein Nickerchen zum Verhängnis wurde.

Der Bussard Tom Hackfleisch erspähte den dösenden Postboten und machte wenig Federlesens. Nachdem er satt und gut gelaunt die Überreste Luggis von der Plattform gefegt und so das ungeschriebene Gesetz der Wildnis »Haltet den Wald sauber« beherzigt hatte, entdeckte er das Alu-Röhrchen und puhlte, neugierig wie Bussarde sind, das altrosafarbene Zettelchen heraus, entrollte es geschickt und las: LIEBLING! ICH STECKE IN EINER TIEFEN KRISE: MEIN BERUF ERSCHEINT MIR SINNLOS, UND UNSERE STÄNDIGE TRENNUNG HALTE ICH EINFACH NICHT MEHR AUS. WENN DU DIESE ZEILEN LIEST, BIN ICH SCHON AUF DEM WEG NACH IDAR-OBERSTEIN. DORT WILL ICH LERNEN, WIE MAN EDELSTEINE SCHLEIFT. VIELLEICHT GEHT MIR DADURCH EIN LICHT AUF! ADIEU, DEIN PELLE.

Schockiert stieg der kultivierte Raubvogel vom Zettelchen und schob es zurück ins Röhrchen. Er fühlte sich nun wie ein Verbrecher, hatte er doch den Hilferuf eines verzweifelten Menschen abgefangen und damit möglicherweise dessen Rettung durch die Macht der Liebe vereitelt.

Schuldgefühle zuckten wie fleischgewordene Blitze durch den topfitten Bussardkörper, und obwohl es ihm gottweißwieviel Überwindung kostete, machte Tom sich am nächsten Morgen auf den Weg zu Katrin Witzleben, die sich gerade zum Höhentraining auf dem Kahlen Asten befand.

Die junge Sportlerin staunte nicht schlecht, als sie, noch unter der Dusche stehend, den Raubvogel über sich erblickte.

In letzter Zeit hatten sich in den Medien Berichte über durchgeknallte Tiere gehäuft. So war es nicht verwunderlich, dass Katrin Witzleben die Ankunft Toms als offene Attacke fehlinterpretierte und ihr Duschdas dem Vogel in die Schwingen donnerte. Tom stürzte ab. Mit gebrochenem Flügel krallte er sich hilflos an den Seifenhalter und sah Katrins aprilfrisches Handtuch schon klatschnass auf sich herniedersausen – da rief ihr Trainer!

Die Doping-Jäger standen draußen vor der Tür und wollten Urin sehn. Die Sportlerin ließ den Vogel hängen und brachte die Kontrolle hinter sich. Als sie zurückkehrte, hatte sich der Bussard auf einer Massageliege ausgestreckt und jammerte: »Nie mehr fliegen, nie mehr frisches Fleisch!«

Da bekam Katrin Mitleid und anstatt dem Tier wie geplant mit einem Staffelholz von hinten den Garaus zu machen, sprach sie es ruhig an: »Warum tust du so was, fremder Vogel? Findest du keine normale Beute mehr?«

Tom hob seinen Kopf und stellte mit einigen prägnanten Sätzen die Sache klar.

Katrin las die Botschaft ihres Geliebten und wurde weiß wie Schnee: »Luggi tot und Pelle nach Idar-Oberstein! Wie soll ich mich unter solchen Voraussetzungen vernünftig auf die Olympischen Spiele vorbereiten?«

»Wie bitte?«, fragte Tom.

»Ja«, sagte Katrin, »wenn das Umfeld einer Athletin nicht stimmt, stimmt auch die Leistung nicht.«

»Ein Arzt!«, rief Tom. »Mich verlassen die Kräfte! Bitte, holen Sie einen Arzt!«

Katrin verständigte die Tierklinik Winterberg, und Tom wurde noch am selben Tag operiert.

Der Genesungsprozess verlief ausgezeichnet, und keine drei Wochen nach dem Unglück konnte der Bussard das Krankenhaus verlassen und selbst in seine Heimat fliegen. Aber was war das?

Dr. Federmann und sein Assistent wunderten sich sehr: »Der fliegt ja Richtung Süden!«, rief Dr. Federmann, und er befürchtete, einen seelischen Knacks beim Patienten übersehn zu haben.

Sieben Tage später stand bei den Olympischen Spielen in Barcelona das 100-Meter-Hürden-Finale der Frauen auf dem Programm. Die klar in Führung liegende Favoritin Katrin Witzleben kam wenige Meter vor dem Ziel ins Straucheln und belegte in der Endabrechnung nur den undankbaren 4. Platz.

In der anschließenden Pressekonferenz erklärte sie ihren Ausrutscher mit den punktuell glitschigen Bahnverhältnissen.

Die angeheiterten Journalisten wollten sich mit einer derart vagen Begründung nicht zufriedengeben und es genauer wissen. »Vogelkot«, sagte Katrin. Ihr anschließender Nervenzusammenbruch ging im schallenden Gelächter unter. Die Siegerehrung musste wegen eines Wolkenbruchs verschoben werden, und als endlich die Prinz-Wilhelm-Hymne für die siegreiche Niederländerin Monique van Holland abgespielt wurde, hatte der Bussard Tom Hackfleisch die Pyrenäen schon vor Augen.

KOMMT EIN MENSCH AUF DIESE WELT

Hat er meistens gar kein Geld.
Auch keinerlei Papiere.
Nur Käseschmiere.

Dafür kann er sich nichts kaufen.
Außerdem kann er nicht laufen.
Auch nicht sprechen und dergleichen.
Jeder fragt sich, wird das reichen

für ein interessantes Leben?
Die Bank kann Hilfestellung geben!
Sie bietet Babykonten an,
die man in Anspruch nehmen kann.
Am besten vor der Zeugung schon
wird eingezahlt für Tochter, Sohn.
Dann kann man später sicher sein:
Der Mensch hier ist kein armes Schwein!

Er wird auf nichts verzichten müssen
und spätestens mit achtzehn wissen:
Fürs Auto sorgten Gott sei Dank
Mutti, Vati und die Bank!

PIZZA GALILEI

Jemand hat dich auserkoren,
edle Pizza! Tiefgefroren!
Dich auf einen Stein gelegt
und so lang hin und her bewegt,
bis in der Mitte war ein Loch.
Dann sprach er: Und sie dreht sich doch!

EIN HODEN FAND ZWEI EIER

bei einer Osterfeier oder besser:
Ein Hoden hatte sich zwei Eier gekauft
und sie Vati und Mutti getauft.
Er hat sie beide sehr gemocht.
Zuhause hat er sie gekocht.
Dann hat er sie geköpft und gegessen.
Ein Zeuge holte unterdessen
die Eierpolizei.
Da war sie auch schon eins-zwei-drei!
Sie nahmen den Perversen fest
und gaben ihm auf dem Revier den Rest.
Den Samen brachten sie auf die Bank.
Es gibt noch Gerechtigkeit, Gott sei Dank!

»Begriff aus der Abfallkunde, neun Buchstaben, in der Mitte und am Ende ck«, rief Onkel Stecker in den Garten.

»Drecksack!«, kam es aus den Sträuchern, wo Tante Stecker die Stachelbeeren gegen Juniläuse impfte.

Es war ein wunderschöner Frühsommertag, und die beiden Eheleute genossen ihn in vollen Zügen. Da gellte durch das blühende Idyll ein Schrei! Er kam aus dem alten Wehrmachtsbunker hinter der Obstplantage. Die Steckers horchten auf, gingen aber, weil alles wieder still war, weiter ihren Betätigungen nach.

Ein zweiter Schrei zerschnitt die Stille!

Onkel Stecker legte die Zeitschrift aus der Hand und holte Pfeil und Bogen aus dem Sportschrank.

»Komm, Irma«, rief er. »Wir sehn mal nach dem Rechten. Diese Schreie machen mich ganz fickerig!«

Tante Stecker legte das Impfbesteck zur Seite, und die beiden stiefelten durch die grünen Weizenähren hinüber zum Bunker. Vorsichtig öffnete Onkel Stecker die rostige Tür. Er fuhr mit seiner Flutlichtlampe durch das feuchte Dunkel. Ein totes Kaninchen lag in einer Ecke, ein zweites in einer anderen. Insgesamt zählten sie achtzehn tote Kaninchen.

»Kommen die zum Sterben her?«, fragte Onkel Stecker.

»Sieht so aus«, gab seine Frau zur Antwort.

»Lass uns gehn. Hier ist nichts los!«

Onkel Stecker entspannte seinen Bogen, steckte den Pfeil zurück in den schmucken Wildlederköcher und machte seiner Enttäuschung durch einen kurzen Spurt mit abschließender Vollbremsung Luft. Nachdem sie die Pfeile aufgesammelt hatten, setzten die agilen Rentner ihren Heimweg fort.

Zu Hause mussten sie feststellen, dass sowohl das Kreuzworträtsel schon gelöst als auch die Impfung bereits erledigt war.

Onkel und Tante Stecker wurden böse.

Sie fühlten sich verarscht und rannten hin und her.

»Komm raus«, rief der Onkel, »zeig dich!«

Niemand zeigte sich, und die Steckers mussten auf diesen Ärger ein Fläschchen Asbach trinken.

Am nächsten Morgen stand ihr Frühstück schon bereit und alles, was sie sich für diesen Tag vorgenommen hatten, war bereits erledigt: Die morschen Äste vom Pflaumenbaum abgesägt, gehäckselt und im Rosenbeet verstreut, die Wäsche gewaschen, das Türschloss ausgewechselt etc. In den beiden Eheleuten regte sich gleichzeitig ein furchtbarer Verdacht: »Die Heinzelmännchen sind zurückgekehrt!«

»Sie werden alles für uns tun. Und wir?«, fragte Onkel Stecker.

»Wir werden uns zu Tode langweilen«, ergänzte seine Frau den Dialog, um fortzufahren: »Wir müssen diesen kleinen Biestern endgültig das Handwerk legen, nicht wie damals nur verscheuchen! Das macht sie nur noch dreister!«

»Ja«, sagte ihr Mann. »Lass sie uns einfangen und aus ihnen einen schmackhaften Heinzelmännchengulasch zubereiten!«

Am Abend verwüsteten die Steckers ihr Wohnzimmer.

Bei der Wiederherstellung der Einrichtung sollten sich die Plagegeister verausgaben. Dann wollten die zwei Menschen sie mit dem Duft von Feenmilch auf eine Pattex-Bühne locken, wo sie wie die Fliegen kleben würden.

Die ganze Nacht über tat das raffinierte Paar vor Aufregung kein Auge zu. Als die ersten Sonnenstrahlen durch die Jalousienschlitze drangen, sprangen sie auf die Bettvorleger, stiegen in die Kleider und hasteten ins Wohnzimmer. Es sah unverändert aus, nicht ganz: Achtzehn tote Kaninchen lagen zwischen Schrank und Sesselschrott herum. Es waren die Kaninchen aus dem Bunker.

»So eine Schweinerei!«, schrie Onkel Stecker. »Komm, Irma! Lass uns im Bunker nachsehen! Würde mich nicht wundern, wenn diese fiesen Zwerge dort ihre Emsigkeit bewiesen hätten!«

Sie machten sich auf den Weg, fanden den Bunker aber nicht. Wo er gestanden hatte, befand sich nun ein Feld mit schnell wachsendem, stechenden Hafer.

»Sie haben uns hereingelegt«, flüsterte Irma Stecker. Sie hatte einen Kloß im Hals.

»Na, warte!«, fluchte ihr Mann. »Das werden sie uns büßen!«

Zu Hause angekommen, trank er sogleich die aufgewärmte Feenmilch und wie im Mythenbuch beschrieben, wuchsen ihm bis zum Abend die entzückendsten Feenbrüstchen.

»Darauf sind sie scharf!«, klärte er seine Frau, welche die Verwandlung ihres Mannes staunend verfolgte, auf. »Ich werde mich in der nächsten Nacht mit entblößtem Oberkörper auf die Pattex-Bühne setzen und für die Heinzelmännchen unwiderstehlich sein. Wenn sie mich besprungen haben und an den Brüstchen hängen, werde ich sie fertigmachen!«

Es wurde dunkel, es wurde Nacht.

Tante Stecker wünschte ihrem Mann viel Glück und legte sich schlafen. Kurz nach Mitternacht kamen die kurzen Gesellen.

Mit hypnotischen Bewegungen durchmaßen sie den Raum, ließen die Kaninchen verschwinden und gaben dem Wohnzimmer mit Hilfe modernster Technik seine alte Gestalt wieder. Onkel Stecker saß mit seinen Feenbrüsten da, ganz fasziniert vom Treiben seiner Feinde, die ihn nicht wahrzunehmen schienen. Erst als der letzte Heinzelmann den Raum verlassen hatte, wurde ihm klar, wie dumm und voreilig er über die kleinen Kerle geurteilt hatte: »Sie waren ja ganz anders, als es im Mythenbuch beschrieben stand!«

Sie waren gar nicht froh gelaunt, mit Liedchen auf den Lippen, im Gegenteil! Richtig unglücklich sahn sie aus bei ihrer gut getimeten Arbeit: Jeder Handgriff saß und schien ihnen genau deshalb wehzutun. Wie oft sie ihr Gesicht verzogen, die Äuglein grobe Schlitze wurden, durch die es dunkel funkelte! Auch hatten sie dieses Mal nicht mehr getan als nötig. Nur das Wohnzimmer hatten sie wiederhergestellt, sodass Onkel und Tante Stecker am nächsten Tag alles andere wie gewohnt hätten erledigen können, wenn sie dafür Zeit gefunden hätten.

Sie fanden keine.

Bis tief in die Nacht hinein durchsuchten sie das Mythenbuch gemeinsam nach dem Rückverwandlungsmittel für die Feenbrüstchen, leider vergeblich.

Und obwohl die Heinzelmännchen das Paar noch oft mit ihrem Treiben nervten, hat es nichts mehr gegen sie unternommen.

»Steckers reisen viel in letzter Zeit«, stand neulich in den Dorfnachrichten, und die Leserbriefe hatten alle einen Tenor: »Soll'n sie doch!«

Der Wellensittich Andy, den Isolde über alles liebt, ist ein großer Langschläfer. Jeden Morgen, bevor das Mädchen zur Schule geht, weckt es seinen gefiederten Freund mit dem Vogelglöckchen. Ganz verschlafen und verquollen kommt er dann aus seinem Käfig und reibt sein Schnäbelchen an Isoldes Näschen.

Natürlich hat das naive Kind noch nie von Vogelmilben gehört, woher denn? Seine Eltern halten alles Ungeziefer fern von ihrem Töchterchen und gesprochen wird nur von schönen Dingen. Lustige Videospiele mit humanistischem Hintergrund, Bücher voll mit fröhlichen Geschichten, in denen Glücklichsein normal ist, gaukeln dem Kind eine falsche Welt vor!

Saubere Puppen mit vorbildlichen primären Geschlechtsteilen tummeln sich unschuldig lächelnd in ihrer Spielzeugsauna, ruhen sich abends nach der Arbeit in ihren geschmackvoll eingerichteten Wohnungen und Appartements aus und schlafen sonntags etwas länger. Wie wird das betrogene Kind reagieren, wenn seine Mutter ihm in naher Zukunft, vielleicht schon morgen, unter Tränen anvertraut: »Liebes! Pappi hat seine Arbeit verloren, bald wird er impotent sein und den BMW verkaufen müssen. Dann werden wir uns trennen, weil es so einfach nicht mehr weitergehen kann. Für mich fängt dann ein neuer Lebensabschnitt an und dafür muss ich mir einen neuen Partner suchen, verstehst du? Ich werde deshalb in der nächsten Zeit nicht so oft zu Hause sein und wenn, dann nur todmüde.«

Wie wird das ahnungslose Kind auf diese offenen Worte antworten? Wird es zur Omi ziehen wolln? Wird es neue Spielsachen haben wolln, neue Kleider und eigenes Geld? Oder wird es mit Aggressionen reagieren und sich neue Freunde aus dem rechten Spektrum suchen? Werden sie gemeinsam ausländische Musik boykottieren, nie mehr CDs von Sony kaufen?

So weit muss es ja nicht kommen! Verantwortungsbewusste Eltern führen ihre Kinder Schrittchen für Schrittchen an die grausame Wirklichkeit heran, das fängt beim Wellensittich an. Die Mutter oder der Vater, am besten ist natürlich beide, sollten Isolde zur Seite nehmen und sie warnen: »Schau, Kleines! Wellensittiche sind leider keine Menschen wie wir, sondern Tiere. Ihre Wohnung hat nur ein Zimmer und das ist nicht nur ihr Ess-, Schlaf- und Wohnzimmer, nicht nur ihr Sing- und Turnzimmer, sondern auch ihr Klo. So. Diese Tierchen sind lieb und putzig, aber sie kennen weder Shampoo, Seife noch erfrischende Deodorants. Das macht sie interessant für andere noch kleinere Tierchen. Die heißen Milben. Sie machen krank und lustlos!

Wenn du den Andy küsst, können diese Milben auf deine Lippen hüpfen. Dann wirst auch du krank und lustlos!«

Derart vorgewarnt, würde das Kind in Zukunft sicherlich mit seinen Lebensäußerungen vorsichtiger sein.

Es würde ahnen: Die Welt hat dunkle Seiten.

Es könnte auf diese Weise Widerstandskräfte entwickeln und wenn sein Vater dann eines Tages wirklich auf der Straße steht, kann es mit ihm in den Zoo gehn oder Schlittschuh laufen, je nach Jahreszeit, und ihm so Impulse geben, vielleicht schon für das erste Vorstellungsgespräch.

Bevor der Weihnachtsmann an die Börse ging, dort ein Vermögen machte und finanziell sowie politisch unabhängig wurde, musste er um jedes noch so kleine Geschenk bei Wohlhabenden und Spielzeugfabrikanten betteln.

Einmal hatte sich ein Junge aus Detmold ein Ritter-KZ gewünscht, und der Weihnachtsmann hatte lange überlegen müssen, wo er ein so spezielles Spielzeug bekommen könnte, bis ihm schließlich der alte Drecksack Ösenhauer einfiel. Sofort ließ er Knecht Rupprecht die achtundzwanzig Rentiere anspannen und fuhr nach Nürnberg.

Ösenhauer freute sich, den Weihnachtsmann nach langer Zeit wiederzusehen und bot ihm diverse Schnäpse an, von denen der Weihnachtsmann wusste, dass er sie alle würde trinken müssen, wollte er Ösenhauer nicht vergrätzen. Nach einer halben Stunde waren die beiden schon so betrunken, dass sie nichts mehr voneinander wissen wollten. Unverrichteter Dinge kehrte der Weihnachtsmann zurück in den Himmel. Er schlief sich aus und versuchte es am nächsten Tag erneut.

Diesmal hatte er mehr Glück. Da er reichlicher und fettiger als am Vortag gegessen hatte und Ösenhauer ebenfalls, saßen sie nach einer vollen halben Stunde noch stets am Bollerofen in Ösenhauers Werkstatt, und der Weihnachtsmann konnte endlich sein Anliegen vorbringen.

»Ein Ritter-KZ wird nicht billig«, stellte Ösenhauer

gleich klar. »Diese Zinnen und Verliese sind eine Sauarbeit. Da brauch ich mindestens zwei Wochen!« Sie vereinbarten einen angemessenen Preis, und der Weihnachtsmann fuhr los.

»In welche Richtung?«, fragte Knecht Rupprecht.

»Ins Burgenland«, rief der Weihnachtsmann.

Er hatte einen Kuscheltierhersteller als Financier für das Ritter-KZ ins Auge gefasst. »Mein lieber Weihnachtsmann«, sagte der freundliche Unternehmer, »Sie wissen, wie sehr ich Ihren Idealismus schätze. Aber alles hat seine Grenzen. Sie wollen doch nicht wirklich dazu beitragen, dass unsere Jugend die Orientierung vollständig verliert. Ich selbst war in meiner Kindheit und Jugend und, ehrlich gesagt, ich bin auch heute noch ein großer Ritterfan und schwinge in Gedanken oft den Morgenstern gegen diese Billigstanbieter aus Fernost. Überdenken Sie die Sache noch einmal!«

Der Weihnachtsmann schüttelte seinen großen roten Kopf und unzählige Kunstschneeflocken rieselten aus seinem dichten Bart. »Warum bringen Sie dem Jungen nicht ein Langzeitarbeitslosen-KZ oder ein Obdachlosen-KZ, da sagt mein Scheckbuch bitte!«, bot der Unternehmer an.

»Dieser Junge aus Detmold!«, sagte der Weihnachtsmann, »hasst Ritter. Er will Ritter vernichten. Warum gestehen Sie ihm nicht zu, eine andere Einstellung zu haben? Sie sind ein schlechter Demokrat!«

»Aber, aber!«, rief der Kuscheltierhersteller, »Herr Weihnachtsmann, ich bitte Sie! Seine Meinung und seinen Hass soll er haben. Aber nicht mein Geld!«

Verständnislos schüttelte der Mann in Rot seinen großen roten Kopf. Sein riesengroßes Herz schlug härter als gewöhnlich. Zähneknirschend ging er auf den Vorschlag des Fabrikanten ein und fuhr unverzüglich zum alten Ösenhauer, die Bestellung ändern.

Am Heiligen Abend fand der kleine Jens aus Detmold unterm Tannenbaum ein Langzeitarbeitslosen-KZ und schlug es aus Wut und Enttäuschung sofort in tausend Stücke. Das Tor mit der Aufschrift »KURZARBEIT MACHT FREI« feuerte er blindlings in die Krippe, wobei der Ochse und zwei Hirten völlig zerdeppert wurden, das Jesuskind sein Stroh verlor. Zuerst waren die Eltern ungehalten über den Ausbruch ihres Sohnes. Dann schimpften sie über den neumodischen Schnickschnack, den der Weihnachtsmann angeschleppt hatte.

Wie eingangs erwähnt, ist der Weihnachtsmann inzwischen nicht mehr auf Gönner und Sponsoren angewiesen. Er allein bestimmt, was Kinder bekommen, und sie bekommen natürlich, was sie wollen. Aber jener Heilige Abend damals in Detmold war ein einziges Desaster, weil dieser Junge, der die Ritter hasste, sich einfach nicht beruhigte.

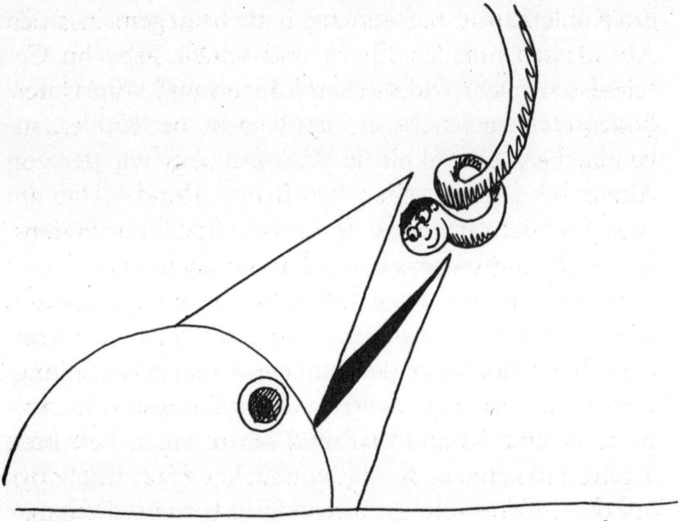

Zufrieden lächelnd schaut der Schulzahnarzt Dr. Regenwurm in den Schnabel des Spatzenjungen: Alle Zähne sind gesund und munter!

DER TIERFREUND

Ein Kühlerhaubentaucherbaby hatte beim gemeinsamen Abendessen mit den Eltern und seinen siebzehn Geschwistern nicht widerstehen können und vom Unterbodenschutz genascht, dessen Genuss bei Kühlerhaubentauchern eine ähnliche Wirkung zeigt wie der von Altbier bei den Menschen. Das Baby verlor den Halt am Auto und fiel auf eine Stelle im Asphalt des Parkhafens, die glücklicherweise von Altöl aufgeweicht war.

So blieb das Baby heil, krabbelte mit seinem besoffenen Köpfchen Richtung Auspuff und schlug sich beim Aufrichten eine dicke Beule an der Anhängerkupplung. Der Schmerz machte es völlig orientierungslos. Es stolperte in eine Kontaktbar und lernte einen beleibten Tierfreund kennen, der das wuschelige Haar des Babys auf der Toilette vom gröbsten Unrat befreite. Offenbar wusste er nicht, dass Kühlerhaubentaucher ihre Essensvorräte auf dem Kopf anlegen.

Der gepflegte Mann nahm das Baby mit nach Hause und zeigte es seinen Kumpels, die in der Küche pokerten. »Was willst du denn damit?«, fragte ein unrasierter blonder Kerl, dessen Gesicht im Lichtschein glänzte.

»Mal sehn«, antwortete der dicke Mann und zwirbelte sein Bärtchen. Es war kein Oberlippen- und auch kein Backenbärtchen, sondern ein zirka 30 cm langes, dünnes Kinnbärtchen, das auf jeden Lufthauch reagierte. Er setzte das Kühlerhaubentaucherbaby auf den Kopf einer alleinstehenden Marmorstatue mit hängenden Armen. Es hatte alle Mühe, das Gleichgewicht zu halten und rutschte schon bald am Rücken der Statue hinunter in eine Kiste voller Styroporflocken. Dort schlief es seinen Rausch aus.

Der Schrei einer Frau weckte es am nächsten Tag. »Kamillo! Was ist das?«, rief die Frau und holte den beleibten Mann. Der sagte: »Keine Panik, Senta! Putz ruhig weiter! Das ist nur ein Tierchen, das ich dressieren will. Es soll an meinem Bärtchen rauf- und runterklettern und mich reich und berühmt machen.«

»Sie werden dich alle auslachen«, sagte die Frau. »Denn solch ein Tierchen ist nicht schön! Seine triefenden Äuglein werden deine teuren Jacketts versaun und seine rauen Pfötchen deinen Hals zerkratzen!«

»Du hast recht«, sagte der Mann. »Seine Äuglein triefen wie von Tigerbalsam. Es wird Heimweh haben. Und Hunger. Aber ich habe keine Ahnung, wo es wohnt, und ich weiß auch nicht, was solche Tierchen essen.«

»Dann war es sehr egoistisch von dir, es mitzunehmen«, urteilte die Putzfrau.

»Aber es kam mir so verloren vor«, verteidigte Kamillo sich. »Zudem war es betrunken und hätte in dem Zustand leicht ein Opfer werden können.«

»Ein betrunkenes Tierchen?«, fragte Senta. »Hast du dich da nicht wieder einmal mit deiner Umwelt verwechselt?«

Der dicke Mann sah das Kühlerhaubentaucherbaby mitleidig an. Die Putzfrau saugte weiter, und das Baby krümmte sich vor Hunger. »Es wird sterben«, dachte der Mann. »Wenn ich nicht sofort handele, wird es sterben und das nur, weil ich reich und berühmt werden wollte.«

»Dir fehlt wirklich das nötige Gefühl«, rief die Putzfrau. »Oder ist es der Verstand? So ein Tierchen einfach mitzunehmen! Hat dich jemand mit ihm gesehen?« Kamillo schüttelte den Kopf. »Was ist, wenn es unter Naturschutz steht? Hat dich wirklich niemand gesehen?«

»Natürlich haben mich einige Leute gesehn, was soll das? Glaubst du, die kümmern sich um so was?«

»Nachher zeigt dich jemand an!«, rief die Putzfrau und machte den Staubsauger aus. Sie kam auf Kamillo zu. »Nimm das Tier und setz es unauffällig aus. Dann kann dir keiner was!«

Der dicke Mann hob das Baby aus der Kiste, setzte es auf seine Hand und pustete es an, um die Reaktion zu sehn. Das Baby bekam eine Gänsehaut und rollte sich noch mehr zusammen. Kamillo zog den grauen Mantel an, steckte das Tierchen in die Tasche und ging hinaus. Über eine Stunde lief er durch die Straßen und fühlte sich beobachtet. Er traute sich nicht einmal, das Kühlerhaubentaucherbaby hervorzuholen.

Da endlich erschien ihm die Gelegenheit günstig, als er bei der Wasserturmruine einen alten Schuppen passierte, den eine protestantische Jugendgang als Autowerkstatt nutzte. Jetzt am Vormittag war alles still. Kamillo stellte sich zwischen zwei ausgeschlachtete Autos, blickte noch einmal hinter sich, holte das Kühlerhaubentaucherbaby aus der Manteltasche und setzte es behutsam auf den regennassen Boden. Als er wieder hochkam, sah er zwei Jungen, die er aus der Zeit als Schachobmann kannte, um die Ecke biegen. Sie erkannten ihn auch.

»Kamillo!«, rief der eine Junge. »Was machst du denn hier?«

»Rumlaufen«, sagte Kamillo. »Ich laufe rum und schaue mich um!«

»Mal ehrlich«, fragte der andere Junge.

»Ich kenn ’ne Frau, die wohnt am Schenkelufer«, sagte Kamillo. »Da komm ich her.«

Nun lachten auch die Jungs.

»Heh!«, rief der eine und machte ein paar schnelle Schritte. Dann war er auch schon bei dem Kühlerhaubentaucherbaby, stellte sich mit dem Absatz drauf und drehte sich ein paar Mal um sich selbst. Ein rosa Brei entstand.

»Sehr gut!«, rief der andere Junge. »Lass uns sofort die Wagen kontrolliern. Wo eine ist, sind auch noch andere!«

»Was denn?«, fragte Kamillo dumpf.

»Vergaserratten!«, riefen die Jungs und liefen zu den Autos am anderen Ende des Schuppens. »Mach’s gut, Kamillo!«

»Macht’s gut, Jungs!«, rief Kamillo, und er suchte ihre Namen im Dunkel der Vergangenheit. Doch erst nach Tagen fielen sie ihm plötzlich ein, als er beim Duschen furzte.

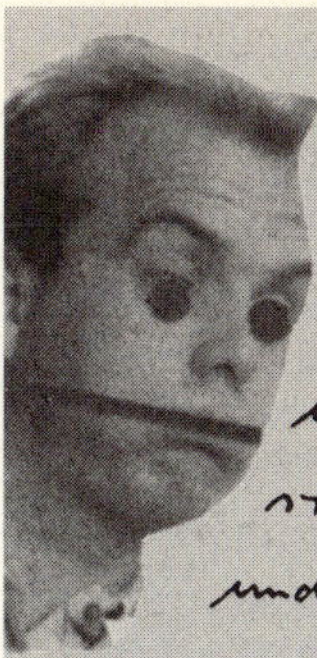

Von seinem erhabenen Büro aus sieht der Chef die beiden Schreiner kommen. Sie haben ihre unerhörten Lohnforderungen auf eine kunststoffbeschichtete Preßspanplatte geschrieben und scheinen zuversichtlich.

DIE ALLERERSTEN MENSCHEN

1

Anfangs war Gott mit den allerersten Menschen sehr, sehr streng. Sie durften sich nicht bewegen. Gott sprach: »Wenn ihr euch bewegt, knall ich euch ab!« Er war schon damals sehr extrem, und Adam war schon damals vorlaut. Er fragte: »Womit willst du uns abknalln, Herr?« Gott freute sich über die Intelligenz seiner Schöpfung. Er hatte es nicht nötig, ihr zu antworten.

Er zeigte Eva einen Stein. Es war ein ganz gewöhnlicher runder blöder Stein, auf dem etwas Fischmehl lag. Eva leckte den Stein sauber, denn Gott hatte ihr beigebracht, alles sauber zu lecken. Als er sah, wie gut ihr das Fischmehl schmeckte, machte er sich große Hoffnungen. »Bestimmt wird sie bald wie die Hühner Eier legen!«, sagte er zu seinem Bruder Klaus, der Gottes Kreationen friedlich ansah. »Ja«, sagte Klaus, »bestimmt wird sie noch größere Eier als die Hühner legen, noch größere als die Straußen, noch größere als die Saurier, noch größere als du selbst!«

Gott sah seinen Bruder böse an. Alleine die Vermutung, jemand könnte in naher Zukunft größere Eier legen als er, machte ihn aggressiv. Augenblicklich warnte er die allerersten Menschen: »Legt nie größere Eier als ich, ihr Flachwixer!«

Adam und Eva blickten auf den abgeleckten Stein in Evas Hand, und Adam wünschte sich so sehr, einmal eine Kirsche essen zu dürfen, und Eva wünschte sich eine Unterhose wegen der vielen Fliegen.

2

Eines Tages kam Gott mit einem Messer an und zeigte den beiden Menschen, wie man aus einem Stück Holz einen Baum schnitzt. Das imponierte den Menschen gewaltig. Gott steckte das Messer weg und ließ sich von Adam und Eva den Bauch kraulen. Das Urpaar konnte die Augen jedoch nicht vom Messer wenden, das an Gottes Seite in einer schönen Scheide aus Schlangenleder steckte. Gott bemerkte die Sehnsucht der allerersten Menschen und richtete seinen Penis auf, der genauso dick und genauso behaart wie sein Bauch war. Adam und Eva kraulten Gottes Penis immer schneller. Sie waren nach dem Messer ganz verrückt und konnten es nicht länger aushalten: sie stürzten sich auf den herrlichen Griff. »So nicht!«, sprach Gott verstimmt.

Er schüttelte sich, und die Menschen flogen auf ein nasses Rasenstück, das sie nicht kannten. Zwei Gangster bedrohten sie mit Schnellfeuergewehren und gaben ihnen gutes Dope. Dann entwendeten sie ihnen fast alle Organe und ließen die wertlosen Kadaver in einer Weitsprunggrube verschwinden.

Gegen Abend vermisste Gott die allerersten Menschen und vermutete, sie seien abgehauen. Er schaltete die Polizei ein, und die konnte während der Bundesjugendspiele die leeren Leichen sicherstellen. Gott erhielt sie umgehend. Es dauerte einige Stunden, bis er die allerersten Menschen wieder aufgefüllt und angehaucht hatte. Dann standen sie wieder vor ihm wie am allerersten Tag. Sie sahen glücklich aus.

»Lasst euch das eine Lehre sein!«, sagte Gott. »Springt nie mehr unvermittelt auf und greift nach meinem Messer!«

»Welches Messer?«, fragten Adam und Eva, denn ihre Gehirne waren auch gestohlen worden. Da begriff Gott, dass er neue Menschen erschaffen hatte. »Ich habe neue Menschen erschaffen!«, rief er seinem Bruder Klaus laut zu.

»Du und die Gangster!«, relativierte Klaus Gottes Leistung und nickte anerkennend.

3

Bei einer Paradies-Party durften die allerersten Menschen Gott und Klaus beim Knutschen beobachten. Mit großen Augen saßen sie auf ihren Hartfaserplatten und staunten über die Beweglichkeit der Kiefer. Ach, wünschten sich dabei beide in ihrem tiefsten Inneren, dürfte ich doch auch einmal Gott oder Klaus so abknutschen! Beide probierten ihre Kiefer aus und rissen dabei ihre Münder ziemlich weit auf. Dadurch bemerkte sie die Schlange Irmgard. Sie sprach die allerersten Menschen an. »Sagt mal, was tut ihr denn hier? Dürft ihr überhaupt so lange aufbleiben?«

Es entwickelte sich ein interessantes Gespräch, das ich aus Platzgründen nur verkürzt wiedergeben kann.

Adam: »Wir sind noch gar nicht müde!«

Eva: »Wer bist du denn?«

Die Schlange: »Soll ich euch mal was zeigen?«

Adam: »Ja.«

Eva: »Mach schon!«

Die Schlange führt die allerersten Menschen unter eine Dusche. Sie gibt ihnen Seife und zeigt ihnen, wie man sich wäscht und säubert. Adam kriegt Seife in die Augen. Eva in die Muschi. Beide brechen das Experiment schnell ab und beschmeißen die Schlange mit den Shampootuben. Dabei verletzen sie die Aura des empfindlichen Reptils! Es wird sich lange Zeit nicht blicken lassen und beim nächsten Mal nicht mehr so naiv sein.

4

Beim Rumliegen ist den allerersten Menschen ein heller Cockerspaniel zugelaufen. Eva findet ihn süß! Sie wollen ihn behalten. »Keine Köter im Paradies!«, sagt Gott. »Außerdem ist er viel zu hell, d. h., er ist nicht reinrassig!«

»Kommen nur reinrassige Köter ins Paradies?«, fragt Adam provozierend. Gott durchschaut ihn. »Nein«, sagt er souverän, »es kommen überhaupt keine Köter ins Paradies! Nehmt das Tier und bringt es weg! Setzt es irgendwo aus! Ihr könnt mein Auto haben.«

»Wir haben keinen Führerschein«, wendet Eva ein.

»Ich auch nicht«, sagt Gott. »Stellt euch nicht an! Macht schnell, bevor der Hund andere anlockt!«

»Und was ist, wenn uns ein Polizei- oder Schutzengel stoppt?«, fragt Adam frech. Gott stampft mit einem Fuß mächtig auf und ruft: »HOSSA! HOSSA! HOSSA!«

Die allerersten Menschen heben eingeschüchtert die hingeworfenen Autoschlüssel auf und fahren mit Gottes Lancia Richtung Autobahn. »Ich wusste gar nicht, dass du so gut Auto fahren kannst!«, lobt Eva Adam und macht das Radio an. Eva öffnet das Schiebedach, und der warme Sommerwind zerzaust ihre wilden Frisuren. Der Hund kläfft ausgelassen auf dem Rücksitz.

»Da! Eine Kontrolle!«, ruft Eva plötzlich. »Jetzt haben wir den Salat.« Adam fährt rechts ran und kurbelt das Seitenfenster herunter.

»Guten Tag«, sagt der Polizeiengel, »den Führerschein bitte!«

»Tut mir leid«, gesteht Adam. »Ich besitze keinen Führerschein und meine Frau auch nicht. Aber wir kommen direkt von Gott und das ist auch sein Auto! Wir wollten nur kurz auf die Autobahn, diesen Hund aussetzen!«

Der Polizeiengel sieht ins Auto, sucht das Tier. »Ich sehe keinen Hund!«, ruft er drohend.

Eva dreht sich nach hinten und zerrt den Hund hinterm Rücksitz hervor. Er ist völlig verängstigt und heult beim Anblick des Engels furchtbar auf. »Hab ich dich, du schlimmes Mädchen!«, sagt er triumphierend. Er greift nach dem Halsband des Tieres und zieht es aus dem Wagen.

»Kehren Sie sofort um!«, ruft er Adam zu. »Bringen Sie Gott das Auto zurück!« Adam und Eva kehren um.

Gott kontrolliert das Auto: Keine Kratzer, gut!

Die allerersten Menschen erzählen von ihrer Begegnung mit der Schlange Irmgard. Gott lobt die beiden für ihr kluges Verhalten. »Irmgard wollte die schützende Fettschicht eurer Haut zerstören! Sie abzuwimmeln war eure beste Tat bisher! Wenn ihr so weitermacht, dürft ihr euch bald frei im Paradies bewegen, natürlich mit gewissen Einschränkungen. Geht jetzt auf eure Platte und seht ein wenig fern!«

Adam und Eva trollen sich davon, noch etwas high vom Autofahrn.

5

Einige Tage später kommt Eva die Szene mit dem Polizeiengel in den Sinn. »Du hast mich deine Frau genannt!«, spricht sie Adam darauf an. »Was sollte das heißen? Wir sind nicht verheiratet und auch nicht befreundet! Du nennst mich einfach so vor wildfremden Leuten deine Frau!«

»Nicht einfach so!«, entgegnet Adam. »Ich wollte dem Engel einen soliden Eindruck vermitteln.«

»Einen falschen Eindruck hast du ihm vermittelt!«, ruft Eva erregt.

»Pssst!«, zischt Gott den beiden zu. »Klaus schläft, und ihr macht einen Heidenkrach. Reißt euch zusammen!«

»Er hat mich seine Frau genannt!«, schluchzt Eva.

Gott wird böse. Die Zornesröte steigt ihm in die Augen, er wackelt mit den Fäusten und schlägt nach Adam, der sich durch einen Sprung zur Seite rettet. Gottes Faust zerschmettert die Hartfaserplatte, ein Teil davon trifft Eva an der Schulter. Sie schreit auf und blutet. Adam will abhaun. Gott hält ihn am Hintern fest. Er schmeißt ihn wütend auf den Rücken.

»Du bist mein Mann!«, brüllt er aufgebracht.

»Und sie ist meine Frau!« Er zeigt auf Eva und leckt ihr Blut zärtlich schmatzend ab.

»Wie ein Tier«, seufzt Eva.

»Wie bitte?«, ruft Gott.

»Du bist wie ein Tier«, sagt Eva schüchtern.

»Kann sein«, sagt Gott. »Es ist noch gar nicht so lange her, da hätte mich dieser Vergleich sehr aufgeregt.«

»Was ist geschehn?«, fragt Adam, »dass du dich so verändert hast?«

»Nichts Besonderes«, antwortet Gott. »Es ist so, und ich weiß nicht warum.«

»Vielleicht hat die Zeit dich verändert«, sagt Adam.

»Und du, Eva, was glaubst du, hat mich so verändert?«

»Die Zeit«, nuschelt Eva, »bestimmt war es die Zeit!«

Gott lässt die Menschen, ohne ein weiteres Wort zu verlieren, stehn und geht zu seinem Bruder Klaus, der immer noch schläft. Gott weckt ihn. »Ich war bei den Menschen«, sagt er leise. »Sie sprachen von der Zeit! Was ist das?«

»Keine Ahnung«, sagt Klaus und macht die Augen wieder zu.

Gott rüttelt ihn. »Überleg mal! Was könnte das sein?«

Er stützt sein Kinn nachdenklich in eine Hand und grübelt, während Klaus weiterschläft. Das Telefon summt. Eva ist am Apparat. »Wir wissen nicht, wo wir bleiben sollen! Die Platte ist kaputt. Wir können sie nicht mehr zusammenkleben!«

»Setzt euch fürs Erste auf das Dach meines Autos!«, beruhigt Gott die zappelige Eva. Er legt auf und geht in den schattigen Lindenwald. Hier hat er einige wilde Naturengel angebunden, die er heute noch zähmen will. »Glaubst du, die schaffst du alle noch heute?«, fragt die Kotfliege Sandra. Sie kann Gottes Gedanken lesen.

»Ja«, antwortet Gott. »Ich habe den halben Tag mit diesen Menschen vertan, jetzt will ich die restliche Zeit« – nun fällt ihm ein, was Adam und Eva vorhin meinten, und er schlägt sich wütend auf seine formidablen Oberschenkel.

»Diese Hohlköpfe!«, brüllt er durch den Wald. »Die verdammten Hohlköpfe!«

»Was hast du?«, fragt Sandra. »Willst du mir weismachen, du wüsstest erst seit heute, dass diese Menschen Hohlköpfe sind?«

Gott winkt ab. »Ich weiß«, sagt er still. »Aber ihr Schmarotzer sollt schweigen!«, fügt er streng und lauter an. »Ihr bildet euch etwas darauf ein, frei und radikal zu sein.«

»Ich bilde mir gar nichts ein«, unterbricht Sandra ihn. »Jeder kümmert sich um seine Scheiße und damit basta!«

»Ja, Scheiße!«, brüllt Gott. »Ihr habt nichts anderes im Kopf als Scheiße! Aber ich, der Schöpfer, sehe alles an und weiß, wie viel Kraft mich dies und das gekostet hat! Ich sehe auch die Menschen an und fühle, was ich in sie investiert habe! Ihre Entwicklung hat mich meine besten Jahre gekostet. Die schmeißt niemand gerne weg!«

»Warum denn wegschmeißen?«, fragt die Kotfliege. »Ich find die Menschen prima! Von mir aus könnten sie sich sogar vermehren, Hohlköpfe hin, Hohlköpfe her! Ich finde die Köpfe nicht so wichtig!«

Gott muss schmunzeln. »Sandra«, sagt er im väterlichen Tonfall, »wer etwas schafft, möchte, dass es funktioniert. Stell dir vor, ich hätte dich, die Kotfliege, erschaffen, und du bevorzugst, sagen wir mal, Haschisch!«

»Nun«, entgegnet Sandra ungerührt, »dann wäre ich eine Haschischfliege. Wo ist das Problem?«

Gott sieht die Fliege ungeduldig an.

»Verrat den Menschen, wie sie sich vermehren können!«, ruft Sandra ihm zu. Sie fürchtet Gottes Wutausbrüche und fliegt in Richtung Freibad. »Bring es ihnen bei, das können sie bestimmt!«, ruft Sandra von Weitem und ist schon fast verschwunden.

»Nein«, spricht Gott, »noch nicht!«

Er hat Angst vor einer Pleite und fürchtet wie Sandra seine Wutausbrüche. Wenn sie nicht mal das kapieren, denkt er, das halt ich nicht aus! Ich habe zu viel Arbeit in sie gesteckt. Er will nicht riskieren, sie in einem Anfall von göttlicher Scham und Enttäuschung zu vernichten, will sich noch einige Zeit die Illusion erhalten, etwas Außergewöhnliches erreicht zu haben. Er bindet den ersten Engel los und kneift ihm in die empfindlichen Flügelenden. Der Engel quiekt wie ein Ferkel und versucht zu fliegen. Gott hält ihn mit einer Hand an den Füßen fest. Mit der freien Hand greift er sich erneut die Flügel und drückt die Dressurhäkchen durch die Enden, wobei er sich die Finger blutig sticht. Das Blut tropft auf den Waldboden. Ein Tropfen trifft den Mistkäfer Sigi Fleißner und macht ihn unverwundbar.

6

Adam und Eva hatten bis tief in die Nacht hinein Mikado mit Salzstangen gespielt, und Adam hatte trotz seiner langen schlanken Finger immer verloren. Eva war mit ihren Wurstfingern einfach geschickter. Als sie merkte, dass Adam immer trauriger wurde, fing sie an, die Salzstangen aufzuessen und machte eine Erdbeertorte. »Warum gibst du dir so viel Mühe, mich zu trösten?«, fragte Adam. »Du bist doch sonst nicht so.«

»Ich möchte dich um einen kleinen Gefallen bitten«, sagte Eva. »Klaus hat gestern stundenlang in der Sonne gelegen.«

»Ja«, bestätigte Adam. »Ich hab ihn liegen sehn. Er hat eine Sonnencreme mit Schutzfaktor 2000!«

»Darum geht es mir!«, rief Eva. »Auch ich will mich die nächsten Tage ein wenig bräunen, aber meine Haut ist extrem weiß und empfindlich. Ich brauche unbedingt diese Creme. Heute Morgen ging ich zu Klaus und bat ihn, mir etwas abzugeben, da es sie sonst nirgendwo gibt. Er wollte etwas dafür haben, aber ich hatte nichts.«

»Du brauchst also etwas zum Tauschen«, sagte Adam nachdenklich. Er ließ die Blicke schweifen. Immer wieder kniff er die Augen weltmännisch zu und versuchte, in der Dunkelheit, die Gottes Auto umgab, etwas auszumachen. »Was ist das für ein weißer Fleck dort hinten?«, fragte er schließlich.

»Das ist Otti«, sagte Eva, »der weiße Spatz.«

»So nah am Boden?«, rief Adam. »So nah am Boden schläft kein Vogel. Oder fürchtet er die Katzen nicht?«

»Ich habe mich vor einigen Tagen ausführlich mit ihm unterhalten«, sagte Eva. »Er ist lebensmüde. Er hat die Frechheit satt. Er ist der einzige weiße Spatz weit und breit. Er findet nirgends Anschluss.«

»Du meinst, er würde gerne irgendwo unterkommen?«, folgerte Adam.

Eva nickte. Adam rutschte vom Dach des Lancia und stakste mit seinen langen dünnen Beinen in die Nacht hinein. Eva hörte ihn mit Otti sprechen, dann brachte er den weißen Vogel mit.

Sie färbten ihn gelb und tauschten ihn am nächsten Morgen als Micro-Pirol bei Klaus gegen Sonnencreme ein.

Eva war überglücklich!

Sie verbrachte den ganzen Tag in der prallen Sonne auf dem Autodach und musste nach Sonnenuntergang wegen akuter Benommenheit ins Krankenhaus. Dr. Sommer machte ihr schwere Vorwürfe: »Wenn Sie so weitermachen, wird Ihre Benommenheit bald chronisch werden! Dann sind Sie für jeden Mann hier Fallobst!«

»Wie meinen Sie das, Herr Doktor?«, fragte Eva.

»Ach, du Scheiße!«, rief Dr. Sommer. »Auch noch die Doofe spielen.«

Er knöpfte sich die Hose auf, wurde aber von Gott

zur Seite gestoßen. Dr. Sommer prallte mit dem rechten Ohr gegen das runde feste Knie seiner Sprechstundenhilfe.

»Was soll das?«, stellte Eva Gott zur Rede. »Der Doktor hätte sich was brechen können!«

»Der weiß, wie man fällt!«, erwiderte Gott. »Der rollt sich klasse ab.«

Eva sah zu Dr. Sommer hinüber und lachte über ihn und Gott, der sich Nordhäuser spritzte. »Spritzen kann er also auch!«, dachte Eva und vielleicht hat hier der Mythos GOTT KANN ALLES seinen Ursprung.

7

»Einen schönen Vogel hast du da!«, zischelte Irmgard Klaus von einem Ast aus zu.

»So ein Gelb hast sogar du noch nie gesehen, stimmt's?«, fragte Klaus.

»Als Gott die Gelbsucht hatte, hast du mich das auch gefragt«, sagte Irmgard.

»Gott die Gelbsucht?«, fragte der vergessliche Klaus. »Wann hatte Gott die Gelbsucht?«

»Die Reise nach Jerusalem«, gab Irmgard das Stichwort.

»Ja, richtig!«, sagte Klaus und deckte den Vogelbauer mit ein paar Wollrosen zu. »Wenn du nur zum Stänkern gekommen bist, kannst du gleich wieder gehn!«

»Es wird Regen geben«, sprach die Schlange. »Wie wär's mit einer kleinen Geschichte?«

»Von mir aus«, brummte Klaus, »komm rein!«

Und er erzählte die Geschichte vom Glück auf Erden, die als das Satansmilch-Desaster in die Geschichte eingegangen ist:

»Es war ein lauer Frühlingsmorgen, als der Bio-Bauer Hans van Schoten einige Rundpflöcke in den fruchtbaren Ackerboden trieb, um die Erdkruste in der guten Absicht zu verletzen, seinem Gemüse positive Schmerzenergie zuzuführen.

Zur gleichen Zeit pochte ein fahrender Sänger an das große grüne Tor des van Schotenschen Hofes und begehrte Einlass. Als Veruschka van Schoten, Hans' tüchtige Frau, den deutscher Rapper hörte, holte sie ein Eimerchen frische Kuhscheiße aus dem Stall und goss es von ihrem Meditationsraum aus dem Sänger auf die Kappe. Der Vollblut-Vegetarier war hocherfreut über die milde Gabe, leckte sein Mützchen sauber und bat um einen Nachschlag. Nun erst erkannte Veruschka im fahrenden Sänger die verwandte Seele!

Sie schloss das Hoftor auf und begleitete den Troubadour in den Garten, wo er sich an Frühmais gütlich tat. Anschließend zeigte die kinderlose Bäuerin dem Gast den ganzen Hof. Als er den Heuboden erblickte, verspürte der Fremde einen starken Samendrang! Die Bäuerin bemerkte seine Not, holte aus dem Melk-Kabuff ein Eimerchen und zapfte dem armen Mann einen Viertelliter ab. In tiefer Dankbarkeit verabschiedete sich der Musikant von Veruschka und zog, den Kopf voller neuer Reime, froh gelaunt seines Weges. Die Bäuerin indes beschloss, sich noch ein Weilchen auf dem Heuboden auszuruhn. Sie liebte dessen ganz spezielles Flair, mochte die geheimnisvolle Stille und die Knabbergeräusche umtriebiger Mäuse.

Als Hans van Schoten zum Mittagessen nach Hause kam und seine Frau nicht in der Küche stand, ahnte er bereits, dass sie es sich an ihrem Lieblingsort gemütlich gemacht hatte. Er stieg die solide Holzleiter zum Heuboden hinauf und weckte seine Frau. Dabei stieß er mit dem Fuß das Eimerchen um, in dem sich der Samen des fahrenden Sängers befand. Sobald das Sperma mit dem Heu in Berührung kam, fing es Feuer, welches so rasch um sich griff, dass Hans und Veruschka nur ihr nacktes Leben vor den Flammen retten konnten.

Ihr prachtvoller Hof brannte bis auf die Grundmauern nieder. Da die Nachbarhöfe weit genug weg standen, blieben sie verschont und konnten ihre Bewohner aus nächster Nähe dem Unglück der van Schotens beiwohnen. Im Morgengrauen stand das traurige Paar ganz allein vor den noch spärlich qualmenden Trümmern seines Besitzes.

Hans und Veruschka gingen in den verbrannten Garten und gruben mit den Stiefelspitzen einige Pellkartoffeln aus der noch heißen Erde. Aus der Tatsache, dass der Samen des als fahrenden Sänger verkleideten Satans die Brandursache gewesen war, hatte Veruschka schon während des Feuers und vor allen Leuten keinen Hehl gemacht. Es spricht für die Menschen von damals, dass sich niemand in Vorwürfen und Beschuldigungen Richtung Veruschka erging. Vielmehr bewunderten alle ihre Instinktsicherheit, die es ihr ermöglicht hatte, den Satan in aller Unschuld zu befriedigen und ihr Leben zu retten.

Hans van Schoten liebte seine gute Frau seit jenem Tage nur noch mehr und als er ihr in der darauffolgenden Nacht im Schummerlicht der Gartenlaube einen Pickel am Po ausdrückte, hätte er am liebsten jedes einzelne weiße Blutkörperchen abgeknutscht, aber im Mikrobereich hat selbst der Ausdruck größter Liebe seine natürliche Grenze.«

Klaus öffnete die Augen. Irmgard schlief.

8

Mittlerweile war es Winter geworden im Paradies.

Gott hatte Adam und Eva in seinem Blockhaus einquartiert. Er hatte ihnen einen Gasofen besorgt, die Gasflaschen mussten die allerersten Menschen sich aber selbst besorgen. »Es gibt da einen Gashändler in der Nähe von Propan Springs! Wenn ihr euch sofort auf die Socken macht, könnt ihr am Abend wieder hier sein und mit Klaus und mir laut singen.«

»Heute wollt ihr laut singen?«, fragte Eva. »Warum?«

Gott sah sie verständnislos an. Er hatte noch nie nach Gründen gesucht und schubste Eva weg. Sie fiel in den Schnee. Gott sah, dass sie keine Socken hatte.

»Ihr müsst euch erst Socken stricken!«, lachte er. »So könnt ihr nicht nach Propan Springs! Wartet!« Er verließ die beiden und kehrte kurz darauf mit grauer Wolle, Rundnadeln und Klaus zurück. Klaus zeigte den allerersten Menschen, wie man strickt, und wieder waren es Evas Wurstfinger, die feinmotorisch fitter waren. Adam warf nach zwei Stunden die Nadel in den Schnee und schrie: »Ich laufe lieber barfuß!«

Er ging in Gottes Apfelplantage, um einige Blutigel zu fangen. Auf dem Rückweg fiel ihm eine grüne Birke auf. Was ist denn das?, dachte Adam. Eine grüne Birke mitten im Winter? Er beeilte sich, um Gott mit dieser Neuigkeit zu überraschen.

»Eine grüne Birke mitten im Winter!«, rief Gott. »Willst du mich verarschen?«

»Komm mit!«, rief Adam. »Komm bitte mit und schau's dir an!«

Eva und Klaus begleiteten die beiden und staunten wie Gott nicht schlecht, als sie die grüne Birke sahn. Gott herrschte den offensichtlich jungen, übermütigen Baum an: »Was fällt dir ein, dich antizyklisch zu verhalten?!«

Die Birke schwieg.

»Sprich!«, sprach Gott. »Sonst brech ich dir sämtliche Äste!«

»Was soll ich sagen?«, fing die hübsche Birke an. »Ich habe mich immer für normal gehalten, für eine Winterbirke eben.«

»Das ist nicht normal«, erwiderte Gott gefährlich leise. »Es gibt keine Winterbirken, das müsste ich wissen.«

»Wieso?«, fragte die Birke.

Da stellte Gott sich lauthals vor: »Ich bin Gott! Ich habe die ganze Welt erschaffen! Aber an eine Winterbirke kann ich mich nicht erinnern!«

»Vielleicht gibt es noch andere Kreative außer dir!«, hielt der junge Baum mutig dagegen.

»Reiß ihn aus!«, rief Klaus. Gott riss die junge Birke aus.

»Das ist prima Puhlholz!«, sagte Klaus, der von Holz eine Menge verstand. Er vertrieb sich die langen Winterabende mit der Herstellung von Zahnstochern. Die Unnachgiebigkeit und Flexibilität der jungen Birke hatten ihm gefallen.

»Das wird ein guter Jahrgang!«, prophezeite er.

»Und ihr?«, sprach Gott Adam und Eva an. »Müsst ihr nicht los? Es geht schon gegen Mittag! Wenn ihr am Abend zurück sein wollt, wird's Zeit!« Er wies ihnen den Weg und ließ sich, sichtlich geschafft, auf einem kalten Rundstein nieder. Eva und Adam spurteten los.

»Bist du erschöpft?«, fragte Klaus.

»Ich? Erschöpft?«, fragte Gott geistesabwesend. »Ach was! Ich habe heute noch kein Ei gelegt! Das wird's sein!«

Er stand auf und trug den Baum in die Höhle seines Bruders, der in Adams Sack lugte, um die Blutigel zu begutachten.

»Alles Luschen!«, brummte er und ließ die Tiere laufen.

9

Als Adam und Eva in Propan Springs eintrafen, wunderten sie sich über die Stille. Auf der Straße war keine Menschenseele zu sehn. Wäre aus den Schornsteinen nicht der dicke schwarze Qualm in den wolkenlosen Himmel gestiegen, sie hätten an eine Geisterstadt geglaubt.

Eva entdeckte eine kleine weiße Kirche und ging hinein. Adam folgte ihr. Er musste sich bücken, denn das Portal war niedrig. Im Vorraum trafen sie einen Geistlichen, der mit einem zierlichen Eispickel das gefrorene Weihwasser zerstückelte und den allerersten Menschen ein Stück anbot.

»Nein danke«, sagte Eva. »Im Winter essen wir kein Eis! Haben Sie nicht etwas Heißes da? Glühwein oder Grog?«

»Glühwein!«, sprach der Geistliche und geleitete die Fremden in die Sakristei. Während er die Zimtstangen aus einem kleinen Gewürzschrein hervorholte, taten Adam und Eva ihm ihre Verwunderung über die Ausgestorbenheit von Propan Springs kund.

»Oh«, sagte der Geistliche und ließ die Stangen in den Kessel fallen, »dieses Örtchen ist nicht immer so still! Heute ist der Tag des ausgeglichenen Kontos, einer unserer schönsten Feiertage! Den verbringen die meisten Menschen zu Hause in der guten Stube bei süßem Tee und Prager Gurken.«

»Süß-sauer«, sagte Eva.

»Ja«, ergänzte der Geistliche. »Der Süß-sauer-Tag, so wird das Fest von den Kindern genannt.«

Er stellte eine Schüssel mit herzhaftem Backwerk vor die Fremden auf den Tisch, und Adam und Eva langten schamlos zu. Es wurde ein gelungener Nachmittag. Der Geistliche hatte noch ein volles Päckchen geweihte Salzstangen aus Lourdes im Kabuff und konnte Eva beim Mikado über weite Strecken Paroli bieten. Letztendlich aber musste er sich mit all seiner Routine dem Naturtalent geschlagen geben. Es war schon weit nach Mitternacht, als er endgültig das Handtuch warf. Alle hatten dem Glühwein tüchtig zugesprochen, und Adam war schon kurz nach elf vor Müdig- und Erfolglosigkeit eingeschlafen. Es war natürlich viel mehr als die bloße Spielleidenschaft, was Eva und den Priester in dieser Nacht verband.

Da sie jedoch mit ihren Gefühlen nichts Rechtes anzufangen wusste – sie rutschte auf ihrem Lederschemel unruhig hin und her –, der Geistliche die allerersten Menschen für ein glückliches, verheiratetes Paar hielt und bis zur Selbstaufgabe anständig und schüchtern war, bot er ihr an, sie könne zusammen mit ihrem Mann in der Sakristei übernachten.

Eva akzeptierte dankbar und legte ihren Kopf neben Adams Kopf auf die Tischplatte. Sie war gleich weg. Der Pfarrer sah noch einmal nach dem Herd und schlürfte den letzten Wein aus dem noch warmen Kessel. Dann ging er über die Straße in sein Häuschen, wo seine Haushälterin noch einen späten Film verfolgte.

10

Der nächste Morgen kam und brachte dichten Nebel mit.

Als Gott zum Zeitungholen über die Straße schlurfte, wäre er fast von einem Fahrrad überrollt worden. Auf dem Rückweg das Gleiche, nur dass dieses Mal der Radfahrer gegen ein parkendes Auto prallte und mit blutender Oberlippe auf dem Heck des Fahrzeugs liegen blieb, offensichtlich gut gelaunt.

Gott ging hin und beschwerte sich. Er haute dem

schuldigen Opfer die Zeitung um die Ohren. Das Opfer lachte!

Gott überquerte die Straße und ging ins Haus, nicht ahnend, dass er schon vor dem Frühstück seinem Mörder begegnet war.

Die Ereignisse des Nachmittags stellten sich aus der Sicht der Verkäuferin Elisabeth Zeltner, die im Supermarkt am Backwarenstand arbeitete, wie folgt dar: Ein junger, circa dreiundzwanzig Jahre alter Mann kommt mit seinem Einkaufswagen an den Tresen und kauft acht Windbeutel, vier Splitterbrötchen und ein Landbrot. Er zahlt und steckt das Rückgeld ein. In diesem Moment schiebt Gott seinen Wagen von hinten gegen den Wagen des Mannes. Ob es eine absichtliche Attacke war? Wir werden es nie erfahren! Sicher ist, dass Gott den jungen Mann als denjenigen erkannte, den er am Morgen mit der Zeitung geohrfeigt hatte, denn laut Elisabeth Zeltner waren seine ersten Worte: »Du schon wieder!« Der junge Mann reagierte bitter und gereizt. Er sagte: »Mach das nicht noch einmal!« Gott grinste nur gelangweilt und rammte seinen Einkaufswagen ein zweites Mal gegen den des jungen Mannes, der daraufhin ein gestohlenes Tranchiermesser zog und es Gott ohne Vorwarnung ins Herz stieß. Gott war sofort tot.

Der junge Mann ließ sich von vier Supermarktdetektiven kampflos festnehmen und zur Kasse 5 führen. Dort entrichtete er für das gestohlene Messer ordnungsgemäß den dreifachen Preis. Der Filialleiter sprach das Hausverbot aus und sah von einer Anzeige ab, da es sich bei dem jungen Mann um einen Stammkunden handelte, der sich bis dahin nichts hatte zuschulden kommen lassen. Bevor der junge Mann das Geschäft verließ, zog er das Messer aus Gottes Körper, wischte es an Gottes Hose sauber und brachte die schweren Einkaufstaschen in sein Auto.

Als Hauptkommissar Blötkontainer eintraf, waren alle baff, denn niemand hatte ihn gerufen. »Noch baffer waren wir«, erzählte Frau Zeltner, »als der Kommissar uns die Identität des Toten verriet.«

Der Filialleiter sagte: »Hätten wir gewusst, dass der Tote Gott ist, wäre uns der Mörder sicher nicht entwischt!«

Hauptkommissar Blötkontainer fiel die schwere Aufgabe zu, Gottes Verwandten zu informieren.

Da niemand von der Existenz eines Bruders wusste, löste sich diese Aufgabe in Luft auf, und Klaus musste die Neuigkeit aus dem Radio erfahren. Um die Bestattungskosten zu sparen und weil ihm Sentimentalitäten zuwider waren, meldete er sich nicht bei der Polizei. Er war ohnehin vollauf damit beschäftigt, seinen stärksten Blutigel Stefan für den nächsten Kampftag vorzubereiten. Vor jeder Mahlzeit zeigte Klaus ihm Videos seiner Konkurrenten. Immer wieder attackierte Stefan gnadenlos den Bildschirm, den eine bissfeste Extrascheibe vor den scharfen Zähnen schützte.

11

»Da ist das Haus vom Gasmann!« Der Pfarrer von Propan Springs zeigte auf einen grauen Schuppen mit Veranda und wünschte Adam und Eva viel Glück für ihr weiteres Leben. »Machen Sie es gut!«

Er kehrte um. Die allerersten Menschen winkten ihm lange nach.

»Los, komm«, sagte Adam endlich, »sonst glaubt der noch, wir sind verrückt nach ihm!«

»Wo hast du denn den Ausdruck aufgegabelt?«, fragte ihn Eva.

»Ich habe ihn mal von einer Wandernutte aufgeschnappt«, sagte Adam.

»Was ist das?«, erkundigte sich Eva.

»Keine Ahnung!«, antwortete Adam. »Es ist schon eine Weile her, da sah ich eine wunderschöne Frau aus Klaus' Höhle kommen. Klaus starrte ihr nach und winkte auch sehr lange. Sie rief: ›Ich bin verrückt nach dir!‹

Da bin ich aufgesprungen und habe ihn gefragt, wer die Frau sei. Da meinte er, das sei eine Wandernutte.«

»Heh, Sie da!«, rief ein älterer Herr mit Hosenträgern. »Was kann ich für Sie tun?«

»Wir hätten gerne eine Gasflasche!«, rief Eva.

»Habt ihr Geld?«

»Geld?!?«

»Sagt bloß, ihr wisst nicht, was Geld ist!«, rief der Gasmann. »Wo kommt ihr denn her?«

»Aus dem Paradies«, antworteten die allerersten Menschen.

»Ronda!«, rief der Gasmann seiner Frau zu, die im Haus Forellen wusch. »Komm bitte raus! Adam und Eva sind da!«

Die Frau des Gasmanns kam in ihrer Schürze auf die Veranda und betrachtete die Ankömmlinge voller Misstrauen, in das sich wachsende Abscheu mischte.

»Schick sie fort, Harry!«, befahl sie ihrem Mann. »Das sind hundsföttische Schnorrer! Hol das Gewehr!«

Der Gasmann ging ins Haus, holte das Gewehr und schoss knapp über die Köpfe der Fremden hinweg in das Nutzholz gegenüber. Adam und Eva gingen in die Hocke und sahn den Gasmann und seine Frau von unten komisch an.

Der Gasmann winkte seine Frau ins Haus. Adam und Eva hörten sie sprechen, konnten aber nichts verstehn.

»Ronda!«, sagte der Gasmann. »Wir brauchen einen Wachhund! Das hast du letzte Woche selbst gesagt! Lass es uns mit diesem Adam versuchen. Und Eva könnte dir beim Putzen helfen!«

»Die soll sich erst mal selber putzen!«, entgegnete die Frau.

»Das könnte ich übernehmen!«, sprach der Gasmann.

»Gut!«, sagte seine Frau. »Dann knöpfe ich mir Adam vor!«

»Müssen Wachhunde sauber sein?«, fragte der skeptische Händler.

»Denk an die Kunden!«, mahnte seine Frau.

So wurden Adam und Eva aufgeklärt.

Es war eine schöne Zeit für die allerersten Menschen, denn in Propan Springs war das Klima wesentlich milder als im Paradies. Auch gefiel es den beiden, eine Aufgabe zu haben, und der Befehlston der agilen Alten garantierte Adam und Eva ein Gefühl von Geborgenheit, welches sie im Paradies höchstens bei Gottes Wutausbrüchen verspürt hatten.

Es war eine herrliche Zeit, und sie neigte sich dem Ende zu, als eines Nachts bewaffnete Einbrecher das Haus des Gasmanns überfielen. Sie streckten Adam mit zwei schallgedämpften Schüssen nieder und ließen ihn für tot im Rosengarten liegen.

Sie erschossen Ronda und Harry und erbeuteten ihr Erspartes.

Eva nahmen sie mit.

Adam wurde wenige Stunden nach dem Verbrechen von einem weiteren Einbrecher entdeckt. Dieser anonyme Retter bestellte einen Krankenwagen und leistete Erste Hilfe. Adam wurde in die Tierklinik gebracht. Er hatte sehr viel Blut verloren.

12

»Was habt ihr mit mir vor?«, fragte Eva die beiden Mörder.

Sie saß mit verbundenen Augen auf dem Rücksitz des Fluchtautos. Sie war nicht angeschnallt. Eva machte die Verbrecher darauf aufmerksam. Die Verbrecher schwiegen. Eva versuchte ein zweites Mal, ihre Entführer zum Sprechen zu bringen. »Meine Pflaume juckt!«, stöhnte sie gequält.

Die Verbrecher schwiegen weiter. Eine Hand schob sich zwischen Evas Beine und kratzte ihren Intimbereich.

»Fester!«, bat sie, und das Kratzen wurde stärker.

»Danke«, sagte sie schließlich mit gespielter Erleichterung und dachte: Das reicht für die Fingerabdrücke!

Das Tempo wurde langsamer, die Straße holpriger. Der Wagen hielt an. Eva wurde nach draußen gezerrt und auf eine Bank bugsiert. Hier banden die Mörder sie fest und entfernten das Packband von den Augen. Eva begriff sehr schnell, dass die beiden ein Zielschießen veranstalten wollten, denn sie malten ihr mit einem dunklen Lippenstift schwungvoll Ringe um die Augen.

Sie stellten sich auf circa fünfzig Schritt Entfernung hin und fielen um. Eva konnte ihr Glück kaum fassen!

Der kontaktarme Frührentner Charly Lochner hatte beim Pilzesuchen eine Wildsau aufgeschreckt. Obwohl das Tier flüchtete, zog Charly seine Privatpistole aus der Freizeitjacke und schoss ein paar Mal geradeaus. Zwei dieser Kugeln trafen Evas Peiniger in ihre verdorbenen Köpfe. Lautlos sanken sie zu Boden, sodass der Frührentner nie erfuhr, was für ein Kerl er eigentlich war.

Eva musste noch bis zum Abend warten. Dann befreite sie der Förster Uwe Doppelkorn von ihren Fesseln und sprach: »Ziehen Sie sich schnell was an, Fräulein! Sonst erkälten Sie sich noch die Blase und so weiter!«

»Was soll ich denn anziehn?«, fragte Eva. »Ich bin mitten in der Nacht entführt worden.«

Sie erzählte dem gespannten Förster ihre aufregende Geschichte und zeigte ihm die Mörderleichen. Die Sachen des Größeren zog sie an.

»Steht Ihnen wirklich gut!«, lobte Uwe Doppelkorn. »Kommen Sie noch auf einen kurzen Drink mit in meine Jagdhütte?«

»Zum Aufwärmen?«, fragte Eva.

»Ja, warum denn nicht«, sagte der Förster und hakte sich bei Eva unter.

13

Drei Tage hatte Adam auf der Intensivstation verbracht. Nach sechs Wochen wurde er aus dem Krankenhaus entlassen, d. h. ins Tierheim verfrachtet, wo er sich einen Zwinger mit dem depressiven Tommy teilen musste, einem fülligen Afghanen, dessen Frauchen ihn im Hotel vergessen hatte.

Das Essen war nicht schlecht, und Auslauf war einmal im Monat. Adam freundete sich mit der Pflegerin Isolde an, die ihm für kleine Gefälligkeiten hin und wieder Leckereien wie Geflügelleber oder Lammanus zusteckte.

Eines Tages rutschte Isolde bei einem Ausgang auf einer Kiwischale aus. Sie verknackste sich den Steiß und saß nun da auf diesem einsamen Feldweg. Sie konnte sich vor Schmerz nicht rühren!

»Hasso!«, bat sie Adam. »Hilf mir bitte! Siehst du dahinten die schwarzen Wolken?«

Adam blickte zum Horizont.

»Das ist eine Gewitterfront!«, rief er.

»Richtig!«, schrie Isolde. »Und ich bin die einzige Erhebung auf diesem freien Feld!«

Adam drehte sich in alle Richtungen. Isolde hatte recht!

»Leg dich hin«, sagte Adam, »versuch es!«

Isolde strengte sich vergeblich an.

Der Donner kam näher! Die ersten Blitze zuckten

über die fruchtbare Ebene, über die gelben Stoppelfelder und dunkelbraunen Böden.

»Hilf mir, Hasso!«, flehte die Pflegerin. »Dann darfst du morgen schon bei mir zu Hause wohnen und in meinem Bettchen schlafen!«

Adam dachte an Flucht. Er dachte an Eva, die ihn gewiss im Paradies erwartete. Aber wo war das Paradies? Welche Richtung sollte er nehmen?

»Hilf mir, Hasso!«, flehte die Pflegerin. »Hilf mir bitte!«

Adam sah in ihre Augen. Er hockte sich vor sie hin und bog ihre angezogenen Knie auseinander. Isolde lächelte. Dann schlug Adam die Knie kräftig gegeneinander!

Wie elektrisiert fuhr Isolde hoch. Sie streckte ihre Gliedmaßen von sich und lag nun flach auf dem Boden. Gerettet!

»Leg dich neben mich, Hasso!«, befahl die Pflegerin. Der Regen setzte ein. Adam legte sich neben Isolde, und als das Gewitter vorüber war, nahm er sie Huckepack. Sie erreichten noch vor dem Abendessen das Tierheim, wo Isolde von Hassos großer Tat berichtete. »Wie Lassie«, lobte der Direktor, »wie Lassie und wie Rin Tin Tin!«

14

Der Frühling zog ins Land. Adam hatte den Winter über sehr viel nachgedacht. Er hatte lesen und schreiben gelernt und auf Anraten Isoldes einen Jagdhundkurs an der Tierhochschule absolviert. Wie gut das war zeigte sich Anfang April, als ein Förster mit seiner Frau das Tierheim auf der Suche nach einem Jagdhund besuchte.

»Das ist Hasso!«, sagte Isolde, »ein supertreues Tier! Er hat mir schon einmal das Leben gerettet!«

»Ich kann auf mich selber aufpassen!«, entgegnete Uwe Doppelkorn. »Und Hunde ohne Schwanz sind nicht mein Fall! Da weiß man nie, woran man ist.«

»Die Augen sind das Wichtigste!«, rief Eva. »Ein Auge sagt doch mehr als tausend Schwänze!«

Isolde pflichtete ihr bei.

»Wer kann schon in den Augen lesen?!«, blieb der Förster hart. »Da sprechen die Schwänze eine klarere Sprache!«

»Das ist leider unser einziger Jagdhund«, sagte Isolde. »Tut mir leid.«

»Schon gut!«, versetzte der Förster.

Sie verließen das Tierheim.

Am nächsten Morgen stand Eva mit dem Rover vor dem Tierheim und hupte wie wild. »Das kann nur Eva sein«, dachte Adam und jaulte vor Freude. Dennoch wurde ihm beim Abschied von Isolde schwer ums Herz.

»Nicht weinen, Hasso!«, schluchzte die Pflegerin. »Wenn der Förster dich haut, ruf mich an. Dann holen wir dich sofort zurück!«

Sie kritzelte ihm mit einem blauen Kugelschreiber ihre Privatnummer auf den Bauch und wünschte Eva viel Freude mit dem neuen Tier.

Die allerersten Menschen fuhren fort und begrüßten sich auf dem nächsten Parkplatz hemmungslos. Dann fuhren sie schnurstracks ins Paradies.

»Woher weißt du den Weg?«, fragte Adam. »Das Paradies ist auf keiner Karte eingezeichnet!«

»Ich habe es zufällig bei einer Radtour mit Uwe wiederentdeckt«, log Eva, die einfach drauflosgefahren war, aus Spaß.

»Schau mal, da steht Klaus!«

Eva hielt an. Die beiden gingen auf Klaus zu, der sie nicht gleich erkannte. »Ihr seht so anders aus«, sagte er nachdenklich.

»Du meinst wohl sauber und gepflegt!«, rief Eva.

»Gut möglich«, brummte Klaus. »Habt ihr das Gas?«

Adam und Eva schüttelten die Köpfe.

»Kein Problem!«, sprach Klaus. »Ihr könnt in meine Höhle ziehn! Seit Gottes Tod lebe ich in seinem Haus. Über die Miete reden wir später. Ich muss jetzt zum Training!«

»Gott ist tot?«, fragten die allerersten Menschen erstaunt.

»Ermordet!«, rief Klaus und war schon unterwegs.

Eva holte ihren Koffer aus dem Rover.

»Lass mich tragen«, bat Adam und nahm den schweren Koffer an sich, denn Eva war hochschwanger.

»Hast du schon einen Namen für das Kleine?«, fragte Adam.

Eva schüttelte den Kopf und setzte sich auf einen schlichten Stuhl. »Ich finde Kain sehr schön!«, sagte Adam. »Oder Abel! Kain-Abel ginge auch …«

»Es wird ein Mädchen«, sagte Eva. »Uwe und ich haben alles genau geplant! Wir wollten ein Mädchen. Mädchen sind nicht so fordernd.«

Adam nickte anerkennend: »Du hast ja allerhand gelernt!«

»Reisen bildet!«, lachte Eva und streckte die Beine von sich.

Jemand zupfte an ihrem langen Rock. Sie blickte auf den Boden.

»Hallo, Eva!«, sagte Irmgard. »Lange nicht gesehn!«

Woher kommen wir? Wohin gehen wir?

PINKEL PANKEL PONKEL

Pinkel Pankel Ponkel
Die Tante ist kein Onkel
Am Onkel ist ein Zipfel dran,
drum ist der Onkel auch ein Mann.
Er liebt das Bier, den Obstler,
ist selbst ein großer Witzler!
Die Tante ihrerseits hat einen schönen Kitzler.
Den rubbelt sie den ganzen Tag,
weil sie das am liebsten mag.
Kommt der Onkel dann nach Haus,
ruft er: Wie sieht's hier denn aus?
Überall nur Unterhosen
und leere Raviolidosen!
Aufräumen muss auch mal sein,
nicht nur immer lustig sein!
Da sagt die Tante auch nicht nein,
stellt einen Koch als Putzmann ein.
So kann sie einfach weiterlachen,
muss nicht einmal das Bettchen machen!
Nun freut sich auch der Onkel wieder.
Er singt am Abend schöne Lieder,
steigt runter in den Hobbykeller.
Da klingt die Stimme plötzlich heller!
Es liegt ein Toter bei der Fräse,
und neben ihm liegt ein Stück Käse!
Ist er damit erschlagen worden?
Doch denkt der Mann: Mit Käse morden?
Das gibt es nicht!

Er löscht das Licht,
erzählt der Frau von der Geschichte.
Die Frau ruft sofort ihre Nichte:
Monika, die Zaubermaus!
Denn sie wohnt auch noch in dem Haus.
Der Koch mit Käse erschlagen!
Monika! Hast du dazu was zu sagen?
Die Zaubermaus fängt an zu piepen:
Er hat gesagt, er tät mich lieben!
Dann lockte er mich in den Keller.
Mit dem Käse auf dem Teller.
Und dort sprach er: Nun zieh dich aus,
du geile Zaubermaus!
Da nahm ich den Käse, schlug auf ihn ein.
Hart war der Käse, hart wie Stein!
Nun kennt ihr die schlimme Geschichte
von eurer armen Nichte!
Nicht weinen, sprach der Onkel
Pinkel Pankel Ponkel.
Wir graben im Garten ein Loch
und suchen einen neuen Koch.
Da lachte die lustige Tante,
die den Koch am besten kannte.
Der ist nicht tot, der tut nur so!
Das ist seine Horrorshow!
Der Onkel kniff ihm in die Hoden.
Der Koch erhob sich laut vom Boden.
Nun waren alle wieder heiter,
das ganze Leben ging gleich weiter.

IM TIERREICH

Zwei Schafe stehen nach der Schur
zusammen und es wärmt sie nur
die Hoffnung auf die nächste Wolle.
Da spielt die Liebe keine Rolle.

Frank Goosen

»Goosen erzählt fesselnd, mitreissend, klar und versteht eine Menge davon, wie man Lust erzeugt.«
Thomas Brussig

»Ein bewundernswert gescheiter Erzähler« ***Die Welt***

978-3-453-21224-X

978-3-453-40022-4

978-3-453-40108-8

978-3-453-40124-2

HEYNE